编委会名单

主　任　徐冠华

副主任　杨东援　吴广明　吕才明　尤建新

委　员　（以姓氏笔画为序）

王　曼　　王洪伟　　尤建新　　吕才明

朱国华　　朱岩梅　　朱德米　　刘　强

刘光富　　刘琦岩　　李　永　　杨东援

吴广明　　吴添港　　何大军　　张玉臣

张亚雷　　陆　铭　　陈　强　　陈守明

邵鲁宁　　武小军　　周文泳　　单晓光

胡　钰　　闻岳春　　贺鹏飞　　钱建平

徐冠华　　唐　莺　　程德理　　蔡三发

霍佳震

中国科技管理公共服务平台建设系列研究成果

国内外政府
宏观科技管理的比较

鲍悦华 编著

GUONEIWAI ZHENGFU
HONGGUAN KEJI GUANLI DE BIJIAO

化学工业出版社

·北京·

本书主要选取美国、英国、德国、法国、瑞士、日本、俄罗斯、韩国、中国和欧盟15个成员国这些国家和地区作为研究对象，分别从科技治理结构、科技发展战略、科研经费、科技人力资源和科技评估活动这5个方面，对这些国家和地区政府科技管理的特点进行分析与比较，并通过比较对中国的科技管理活动提出政策建议。本书以客观数据比较为主，内容浅显易懂，可作为高等学校科技管理及相近专业研究生或专业学位学生的教学用书，也可作为科技管理部门制定科技政策的参考用书。

图书在版编目（CIP）数据

国内外政府宏观科技管理的比较/鲍悦华编著．—北京：
化学工业出版社，2011.4
（中国科技管理公共服务平台建设系列研究成果）
ISBN 978-7-122-10574-5

Ⅰ. 国…　Ⅱ. 鲍…　Ⅲ. 科学技术管理-对比研究-世界
Ⅳ. F204

中国版本图书馆 CIP 数据核字（2011）第 026172 号

责任编辑：杜　星　唐旭华　　　　装帧设计：张　辉
责任校对：王素芹

出版发行：化学工业出版社（北京市东城区青年湖南街 13 号　邮政编码 100011）
印　　刷：北京永鑫印刷有限责任公司
装　　订：三河市万龙印装有限公司
710mm×1000mm　1/16　印张 10¼　字数 145 千字　2011 年 4 月北京第 1 版第 1 次印刷

购书咨询：010-64518888(传真：010-64519686)　售后服务：010-64518899
网　　址：http://www.cip.com.cn
凡购买本书，如有缺损质量问题，本社销售中心负责调换。

定　　价：35.00 元　　　　　　　　　　　　　　　版权所有　违者必究

　　本书的出版得到上海研发公共服务平台建设专项课题《中国科技管理公共服务平台建设》(06DZ22924) 的支持。

前　言

随着科学技术的高速发展，科技已脱离了原先在经济发展中的从属地位，跃升为推动国家经济发展的主导力量，关系到一个国家或地区在未来世界竞争格局中的命运和前途。科学研究的国家战略导向日益突出，已成为各国政府直接领导和支持的一项重要工作。如何提高政府科技管理的绩效一直为政府相关部门和广大科技工作者所关心，已有许多有识之士对此进行了广泛而深入的理论研究和实践探索，形成了许多有价值的成果，但对政府宏观科技管理的比较研究成果并不多见。本书主要对政府宏观科技管理的一些重点问题展开比较研究，希望对政府科技事业发展有所裨益。

要对各国政府宏观科技管理进行全面的比较是相当困难的，无法在这一本书中面面俱到。本书主要选取美国、英国、德国、法国、瑞士、日本、俄罗斯、韩国、中国和欧盟 15 个成员国这些国家和区域作为比较研究对象，从科技治理结构、科技发展战略、科研经费、科技人力资源和科技评估活动这 5 个方面对这些国家和地区政府科技管理的特点进行分析与比较，并基于比较对中国政府科技管理活动提出政策建议。

本书的写作和出版得到上海研发公共服务平台建设专项课题《中国科技管理公共服务平台建设》（06DZ22924）的支持，由同济大学经济与管理学院尤建新教授组织和指导，在撰写过程中，得到了国家科技部调研室副主任刘琦岩博士、同济大学陈强教授、郑海鳌博士等人的支持与帮助，在此一并致谢。

本书可作为高等学校科技管理及相近专业研究生或专业学位学生的教学用书，也可作为科技管理部门制定科技政策的参考用书。

由于学术视野和专业水平的局限，书中内容上难免有不足之处，恳请广大读者批评指正。

鲍悦华
2011 年 1 月

目　录

第4章　主要国家科研经费比较 …………… 78

第5章　主要国家科技人力资源比较……… 100

第 1 章 绪论

　　长期以来，科学技术一直被看作是发现知识和探索自然的手段，科研工作则被认为是应该摒弃对功利的追求和不受利益驱使的神圣工作。但近年来，随着科技自身的不断发展，这种认识已经被改变，科技发展不仅追求知识的进步，而且越来越重视对社会进步和经济发展的贡献，开始变得和国家生存与发展密不可分。现代科技使生产力发生了质的飞跃，科技已经成为推动社会经济发展的主要动力，世界各国都致力于提升本国的科技发展水平，以期在新一轮的国际科技竞争中占据一席之地。另一方面，以"金砖四国"❶ 为代表的发展中国家和新兴工业化国家的崛起也改变了世界科技竞争格局。一个崭新的充满竞争的科技时代已经在我们身边。

---

　　❶ "金砖四国"来源于英文 BRICs 一词，是指巴西（Brazil）、俄罗斯（Russia）、印度（India）和中国（China）四国，因这四个国家的英文名称首字母组合而成的"BRICs"一词，其发音与英文中的"砖块"（bricks）一词非常相似，故被称为"金砖四国"。这四个国家国土面积占世界领土总面积的 26%，人口占全球总人口的 42%，随着四国经济快速增长，其国际影响力与日俱增。

1.1　当代科技的发展

当代科技高速发展，并已融合、渗透到生产力的诸多要素中，使生产力发生了质变。迈克尔·吉本斯（Michael Gibbons）等学者认为，科技的高速发展已经导致了一种新的知识生产模式（模式 2）的产生❶。如果传统的科学知识生产模式（模式 1）是指以大学为中心，单个学科内部以认知为目的的知识生产，那么新的知识生产模式（模式 2）则以问题导向取代了对发现知识的好奇心，更多在应用的背景下进行。以应用为导向的研究模糊了基础研究与应用研究乃至各学科之间的界限，而且这种应用背景下的研究比传统意义上的应用研究更加多样化，往往需要不同领域和类型的研究者共同合作，这种新的知识生产模式更加强调社会责任，更多考虑可使用性、成本效益、社会可接受性等。具体来说，当代科学发展主要体现出以下特征。

（1）科技加速发展，引发知识爆炸

当代科学技术正以前所未有的速度发展，各种由科学创造的先进仪器和设备的广泛应用，推进科学在宏观和微观两个尺度上向着更加复杂、更加基本的方向发展，步步逼近自然界的各种"极限"。近 30 年来人类所取得的科技成果，即科学新发现和技术新发明的数量，比过去两千年的总和还要多。曾有人估算，截至 1980 年，人类社会所获得科学知识的 90% 是第二次世界大战后 30 余年获得的，人类的知识在 19 世纪是每 50 年增加一倍，20 世纪是每 10 年增加一倍，当今则是每 3～5 年增加一倍，若以此推算人类在 2020 年所拥有的知识将是现在的 3～4 倍。高速发展的科技同样提升了知识老化的速度，以至于今天大学生毕业时所学的知识大部分已经过时，为此，每个人只有通过不断学习才能跟上迅速前行的时代步伐。

---

❶ M. Gibbons，C. Limoges，H. Nowottny，et al. The new Production of Knowledge：The Dynamics of Science and Research in Contemporary Societies. London：Sage Publications，1994.

（2）科学与技术相互渗透与融合加速

在很长一段时间内，科学与技术，乃至不同学科间是相互分离的，它们具有自己独特的文化传统，各自独立发挥社会作用。当代科技发展的一个基本特征就是科学与技术的融合，科技不仅向着纵深发展，更强调学科间、科学与技术间、自然科学与人文科学之间的整合，最具有代表性的是纳米、生物、信息和认知等四大领域的整合，极大地推动了当代人类整体认知能力的飞跃。这种整合的动力不仅源于科技自身的加速发展、探索逐步深入所产生的内在推动力，还源于人们为解决复杂问题在方法与知识上的客观需求和市场主导研发所引发的外在拉力。科学技术的相互融合、渗透改变了传统意义上的学科边界，造成了科学与技术、基础研究与应用研究，乃至各个学科之间界线日益模糊的现象，并最终造就了一系列新的跨学科领域，例如环境科学、信息科学、材料科学等。21 世纪是不同领域科技创造性融合的年代，科技的发展将日益依赖于多学科融合战略来解决各种高度复杂的问题。

（3）科技转化和产业化周期不断缩短

科技发展的历史表明，从科学发展到技术发明的转化周期日趋缩短：18 世纪从摄影原理到发明照相机时隔 56 年；19 世纪电磁波通信时隔 26 年；20 世纪初，从抗菌素的发现到制出抗菌素时隔 30 年，发现雷达原理到制出雷达用了 10 年；20 世纪中，从发现铀裂变到制出原子弹时隔 7 年，发现半导体到制出第一个半导体收音机用了 6 年；20 世纪末，从多媒体设想到制出多媒体电脑仅用了 4 年。今天，科技成果在短期内产业化已成为现实，只要发现了商业价值，基础研究成果就能迅速转化为产品进入人们的生活。正是由于科学研究的指示产品转化为应用成果的周期越来越短，国家之间以及企业间的竞争才越来越依赖于科技创新，这给发展中国家制造了新的赶超机会，在新兴技术领域，如纳米、生物技术领域，国家间的起点相近，发展中国家完全有可能在这些领域取得突破，带动国家科技竞争力的整体跃升。

（4）科技研发活动全球化步伐明显加快

随着科研活动的范围日益扩展，科研活动面对的问题日益复杂，研发项目的规模越来越大，资金与人才投入的要求也越来高，这在客观上要求科技资源流动配置的国际化，而现代信息通信与交通技术的发展也使得科研研发活动国际化成为可能。目前，处在世界不同角落的科研人员可以在任何时间便捷地进行交流，甚至不需要相互了解；昂贵的科研仪器等基础设施实现了资源共享，从而大大降低了科研成本；跨国公司则加大了在国外开展研发活动的力度，在国外优秀人才汇聚地建立实验室，利用"外脑"资源为自己服务。各种虚拟研究网络的建立和科技资源的加速流动大大提升了研究效率，并对科学研究的对象、方向、范围、水平，以及科学家之间的学术交流与合作方式产生重大而深远的影响。

（5）科技已经成为国家间竞争新的形式

各国重视科技研发活动的开展并没有改变国家间竞争的本质，相反，它已成为国家间竞争的新形式。在经济上，发达国家利用自身科技与资本的优势，依靠知识产权和技术壁垒等手段，在国际市场，特别是高技术市场上处于绝对优势的位置，通过高度垄断获取了大量超额利润。科技研发活动的全球化在使许多国家受益的同时，也使各国资源配置更加不均衡，它已成为了发达国家争夺市场和资源的主要形式。对于发展中国家而言，虽然拥有通过研发活动的全球化建立起的国际研究网络，加速提升本国科技实力的机遇，但同时也面临着科技人力资源流失、民族产业受到冲击的威胁与挑战，而且挑战远大于机遇。在社会文化上，随着通信网络技术的发展与普及，发达国家凭借其掌握的先进信息技术，通过各种传媒传播其意识形态、民族历史文化与价值观，甚至以此影响其他国家重大决策。在互联网上，西方学术界、新闻媒体的观点明显地占据压倒性优势。在资源上，发达国家依靠空间技术、海洋技术、生物技术等对空间、海洋、生物等战略资源进行大肆掠夺，这些有限的资源一旦"分配"完毕，后进国家将无以立足，很难摆脱受制于人的局面。甚至在国家安全方面，高技术也已在军事领域广泛应用，并已经成为国家军事安全的核心技术支撑力量，在核威慑、信息威慑以至生物威慑条件下的高技术战争已经从根本上改变了战争的方式，科技已经成为了国家安全的保障。

正是当代科技发展的上述特点，使科技脱离了原先在经济发展中的从属地位，跃升为推动国家经济发展的主导力量，并关系到一个国家或地区在未来世界竞争格局中的命运和前途。各国纷纷通过制定国家创新战略，并大力投资于国家科技研发活动，提高本国的创新能力，在使科技更好地为本国利益服务的同时，积极抢占国际科技竞争的制高点。

1.2 发展中国家的崛起

世界发展格局风起云涌，50 年前德国与日本还在忙于战后重建，30 年前韩国也只是一个落后的低收入国家，如今这些国家已经成为了老牌工业强国和新兴工业化国家。在今后的一段时间内，以巴西、俄罗斯、印度和中国为代表的大型发展中国家将在世界舞台上扮演越来越重要的角色。这些国家日益融入世界经济体系，依靠丰富的人力与自然资源、国外投资和出口等因素在近年来获得了经济的高速增长，国际影响力与日俱增，并将在今后的若干年里继续保持强劲的增长势头。美国高盛集团（Goldman Sachs Group，Inc.）在其 2003 年出版的《Dreaming With BRICs：The Path to 2050》中预测了"金砖四国"未来的发展前景。该报告预测，到 2025 年"金砖四国"的经济总量有望从现在的不足 G6 国家❶的 15% 提升到 50%，并将在 2040 年内完成超越；到 2050 年，原先的 G6 国家中只有美国和日本未被取代，还属于最大的六个经济大国之列。图 1-1 和图 1-2 分别反映了"金砖四国"国家 GDP 增速和它们取代 G6 国家的势头；图 1-3 描绘了 2050 年世界上最大经济体的经济规模。虽然这份报告仅仅是一种预测，报告的内容能否实现尚未可知，但也从一个侧面反映了这些发展中国家在国际舞台上日益重要的地位。

在知识经济时代，发展中大国，尤其是中国和印度等国都将科技创新作为国家未来发展的重要战略，在对人类知识探索做出巨大贡献的同时，也将使世界科技竞争格局变得更加复杂和激烈。

---

❶ G6 国家指美国、日本、德国、法国、意大利和英国这六个经济大国。

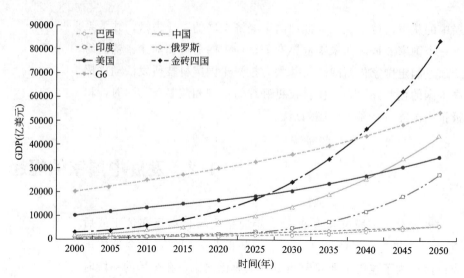

图 1-1 "金砖四国"国家 GDP 预计增长情况（2003 年价）

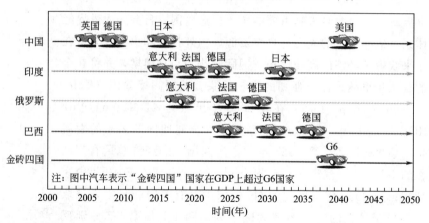

注：图中汽车表示"金砖四国"国家在GDP上超过G6国家

图 1-2 "金砖四国"取代 G6 的进程（按 GDP）

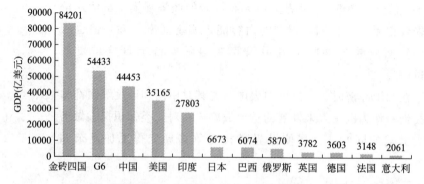

图 1-3 预计到 2050 年世界上最大的经济体（2003 年价）

图 1-1、图 1-2、图 1-3 的资料来源：Goldman Sachs. Dreaming With BRICs：The Path to 2050，2003.

中国无疑是"金砖四国"中最受瞩目的国家。改革开放以来中国取得了举世瞩目的经济社会建设成就，GDP年均增速达到了7.8%，2007年的GDP是1978年改革开放初的15倍（如图1-4所示）。据高盛集团的预测，中国将在2015年超越日本，成为仅次于美国的第二大经济体，并在2041年超过美国，而事实上中国在2011年在GDP总量上已超越日本。近年来，中国又提出了面向未来新发展的自主创新战略，旨在实现经济增长模式由要素推动向创新驱动转变，以早日全面实现小康社会的宏伟目标。2006年发布的《国家中长期科学和技术发展规划纲要（2006~2020年）》提出了到2020年基本建成创新型国家的战略目标，2020年全社会科研经费投入占国内生产总值的比重力争提高到2.5%以上，科技进步贡献率达到60%以上，对外技术依存度降低到30%以下，本国人发明专利年度授权量和国际科学论文被引用数均进入世界前5位。

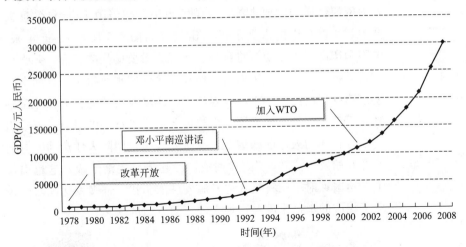

图 1-4　中国改革开放以来的 GDP 变化

数据来源：根据各年《中国统计年鉴》绘制。

另一个发展中国家印度正处于农业社会向工业社会的过渡期，自1984年拉吉夫·甘地执政后开始推行计算机政策至今，印度的IT产业，尤其是软件产业已具备相当的国际竞争力，据世界劳工组织的分析，就美国、英国、德国和日本等大的经济体提供外包服务而言，印度已成为世界第五大提供外包服务的经济体，知识外包（KPO）已成为印度经济增长的新亮点。印度这个正面临着严重人口、贫困和就业等问题的发展中国家仍将科技兴国作为长期坚持的方针。2003年印度颁布了《2003科学技术政策》，明确了印度科技政策的目标，并制定了印度科技发展战略，《2003 科学技术政策》提出，到 2007 年印度"十五"计划结束时，科研经费投入占 GDP 的比重达到 2%❶。印度也提出到 2020 年力争实现技术进步对 GDP 贡献率增长一倍和建设成为技术引导型国家的目标。

以中国和印度为代表的发展中国家将科技作为未来国家发展的重要战略，必将给科技发达国家的发展带来一定冲击，在使全球科技竞争不断呈现新趋势的同时也使竞争变得日益激烈，这一点已经能够从科技人力资源的变化上看出一些端倪。中国和印度这两个拥有庞大人口的国家，拥有巨大的人力资源优势，其中不乏大量科技工作者，这两个国家的科研人员在全球范围内的流动对整个世界科技发展格局产生着非常重要的影响。长期以来，这两个国家的科技人员往发达国家流动一直是发达国家维持其科技人力资源供应的主要来源，以美国为例，在美国 H-1B❷ 签证人员中，印度和中国占据了极大比例（如图 1-5 所示）。近年来，中国和印度等国家纷纷将科技人才视为重要的战略资源，并强化了其科技人才战略，吸引海外科技人才回归报效祖国，这两个国家快速发展的经济、不断改善的投资环境及日趋完善的人才激励机制不仅为海外人才回国工作与创业提供了良好的机会，更吸引着全球各地的人才前来淘金。有研究表明，国际人才流动的方向已经开始发生逆转，"人才回流"的趋势已逐渐形成。这也引发了发达国家对本国科技人力资源发展的担忧，许多发达国家已采取了相应的举措来应对这种人才流动方向的逆转。

美国H-1B签证人员

拥有博士学位的美国H-1B签证人员

图 1-5　美国 H-1B 签证人员中来自中国和印度的比例
资料来源：NSF. Science and Technology Indicators 2008.

---

❶ 事实上印度 R&D 投入占 GDP 的比重至今还未能达到 1%。

❷ H-1B 签证是允许取得学士或更高学位的外国专业人才到美国工作的一种短期非移民签证，是美国吸引专业人才的最重要途径之一。

1.3 科技管理的国家间比较

随着科技自身的迅速发展，世界各国都致力于提升本国的科技发展水平，以期在新一轮的国际科技竞争中占据一席之地。以中国、印度为代表的发展中国家将科技创新作为国家未来的发展战略，并参与到国际科技竞争中，大有赶超老牌发达国家的势头，使国际间的科技竞争更趋白热化。为了适应不断变化的外部竞争环境、抢占发展先机，各国普遍实施了多种举措，对本国的创新体系进行优化和调整，以消除内部的各种障碍，更好地释放出本国创新潜力，这些举措主要包括如下几个方面。

① 对国家科技治理体系进行调整与更新，以消除体制上的障碍，适应新的发展需要，使本国科技体系朝着更加灵活化、科研活动更具有竞争性的方向迈进。

② 制定更符合时代的科技发展战略，并设置符合本国利益需求的优先领域，集中有限资金对这些重点领域进行高强度研发。

③ 加大科研经费投入力度，将科研投资从过去的津贴转变为面向未来的一种战略投资。

④ 大力发展科技人力资源，通过不断强化对本国科技人力资本的投资，并充实拓展人力资源供应的渠道，以内外兼修的方式储备与发展科技人才资源。

⑤ 广泛开展科技评估活动，保障本国科研活动的质量，并通过评估发现科技体系中存在的问题。

在这些共同的举措下，不同的国家结合自身的文化与特点，各显神通地发展了许多独特的做法，这些做法和举措对于志在建设成为创新型国家的中国来说，将能提供十分有益的参考与借鉴。目前，对国家科技体系和科技发展战略等方面研究与介绍的材料已不鲜见，但一方面这些国家科技管理活动随着科技发展和国际形势的变化不断发生着改变，以往的研究资料已显滞后，另一方面对这些国家科技管理的比较研究，尤其是涉及科技政策形成机制等方面的研究更少，这部分内容恰恰是各方亟待引起重视的。

古罗马著名学者塔西陀（Tacitus）曾说："要想认识自己，

就要把自己同别人进行比较"。在对世界主要国家的科技体系进行深入研究的基础上，本书旨在对各国政府宏观科技管理体系进行比较研究，以填补中国科技管理比较研究领域的空白。比较所选取的维度就按照上文所述各国强化科技发展的共同举措展开。通过比较笔者希望能达到以下目的。

① 把握各国科技发展工作的普遍规律，更好地指导中国科技发展的实践。比较研究不仅能够使我们对世界主要国家的科技体系、科技发展战略、科研投入情况等方面内容有较为深入的了解，还可以进一步归纳出各国在科技竞争新形势的普遍做法，这些趋势性的结论对中国科技工作的开展具有很强的指导意义。

② 通过国家间比较，更好地认识中国科技发展所处的水平，找出中国科技发展的优势、劣势、机遇与威胁，并进一步明确哪些是其他国家也在面对的共性问题，可以借鉴其经验与做法；哪些是中国所拥有的特殊问题，造成这些问题的根源是什么，对此认真研究加以解决，将有效推动中国科技事业的发展。

③ 通过比较研究，为中国科技政策制定提供参考和依据。通过国家间比较，可以比较各种做法的优劣得失、长处与弱点，从而为科技政策制定提供多角度的参考。本书的部分研究更是加研究对象直接指向科技政策制定过程，对于提升科技政策制定的科学性有直接的促进作用。

第 2 章　主要国家科技治理结构的比较研究

　　科技体系治理结构包括科学技术关联机构的设置与管理、科技政策制定与执行过程等诸多内容，对于释放国家创新活力、提高国家科研体系效率、保持创新的长期稳定起着不可替代的作用。随着当代科学技术的高速发展，各国对创新的需求和国际间竞争的日趋激烈，许多国家都不断地对其内部决策结构与组织框架进行调整，以满足自身内部的创新发展需要，适应各种新的要求。长期以来，贸工部（DTI）一直是英国的宏观科技管理部门，但这一传统在近年来被打破，为了更好地适应教育与研究活动的需要，英国于2007年更新了其科技治理结构，专门组建了儿童、学校与家庭部（DCSF）和创新、大学与技能部（DIUS），负责本国科技创新与教育事宜。这一结构在短短的两年之后又进行了调整，在2009年新的内阁改组中，英国政府的宏观科技管理职能又被并入了新成立的商务、创新与技能部（BIS）。事实上，不仅是英国，许多国家近年来都在进行着科技体系调整与更新，以消除体制上的障碍、适应新的发展需要，使本国科技体系朝着更加灵活化、科研活动更具有竞争性的方向迈进。

　　本章旨在对主要国家科技体系的治理结构进行比较研究，研究的大致思路如下：首先对主要国家科技治理结构进行划分，找出不同治理结构各自所具有的特点；然后对不同科技体系形态下各国科技行政关联部门的设置进行进一步比较研究；最后对主要国家的宏观科技管理体系进行简单介绍，并对这些国家近年来科技体系的结构调整与更新进行了归纳与梳理；在上述研究的基础上，通过寻找不同国家科技体系治理结构变化的共性趋势，得出对中国科技治理体系结构调整与更新具有启示性的结论。

2.1 科技体系治理结构

各国科技体系的治理结构是一个非常复杂的系统,它的形成都有其特殊的历史与文化背景,并受到国家特有因素的制约,例如美国三权分立的国家制度决定了行政、立法、司法三大系统都不同程度地参与到国家科学技术政策制定和科技工作的管理工作中。科技体系更新的过程中侧重点也会有所不同,有的国家的科技体系更新以组织改革为重点,而有的国家所进行的行政改革则以经营改革为中心,如美国、英国在"新公共管理"运动浪潮中将一部国有研究机构民营化。

对不同国家科技体系治理结构进行分类是一项难度很大的工作,一个国家的科技体系往往是复杂且多元的,很难找到一致的划分标准。在这方面,OECD(经济合作与发展组织)对各国宏观科技管理组织结构的分析方法比较具有代表性,能够较好地分析不同科技体系结构与治理活动间的关系,如表 2-1 所示❶。

表 2-1 科学体系治理结构形态

项 目	集中型体系	二元型体系	分散型体系
行政管理体制	国家级科技部门统一管理(有时与教育或技术部门一体)	国家和地区科技(或教育、技术)行政部门共同管理	不同政府部门管理
优先领域设置	主要通过中央政府自上而下确定,其他利益相关者只能提出参考意见	自上而下和自下而上并行,其他利益相关者参与部分预算决策	主要依靠研究共同体自下而上的方式
资金支持方式	主要依靠机构式资助,对公共研究机构和大学实施直接拨款方式;较少的竞争性的项目资助;不存在独立研究资助机构	对公共科研机构和大学实施机构式资助与竞争性的项目式资助相结合的方式,竞争性项目由研究资助机构提供	几乎没有机构式资助。竞争性的项目式资助由独立的资助机构实施,主要针对大学;对公共研究机构,实施任务导向的资助
公共科学研究的承担主体(大学和研究机构的作用)	主要依靠公共科研机构承担,其中包括短期的博士后项目,大学作为辅助	大学和公共科研机构作用平衡,公共科研机构活动包括研究生及短期博士后项目	主要依靠大学承担,其中包括研究生及短期博士后项目,公共科研机构作为辅助

---

❶ OECD. 公共研究的治理——走向更好的实践. 北京:科学技术文献出版社,2004.

项　目	集中型体系	二元型体系	分散型体系
评估	委员会对研究机构的计划和绩效进行定期评估	委员会评估和同行评议相结合	竞争性的同行评议
主要优点	研究机构管理的独立性,为开展长期的、高风险的研究提供了便利; 资助的持续性; 稳定的研究经费支持可以使研究机构随时开展对新问题的研究; 吸引人才从事长期研究	能够对区域及产业发展的需求做出反应; 公共研究机构可以从事持续性研究; 能够对各种新问题做出反应; 人员培养与研究相结合; 便于公共部门和私人部门间的合作	对各种新问题(需求)有快速反应能力; 研究质量控制能力加强; 人员培养与研究相结合; 年轻科技人员有较好的发展机会; 独立的研究资助机构不受政府更替的影响; 产业部门可以在公共科研活动中发挥有力作用
主要缺陷	对多学科交叉领域的反应能力低; 缺乏激励机制,难以淘汰低水平研究人员; 研究和人员相分离; 等级制度影响研究人员独立性; 受政府更替的影响较大; 公共部门和私人部门的合作需要政府主导	整个研究体系较为复杂; 公立研究机构和项目支持之间比较杂乱; 公共科研机构的研究和以大学为基础的人员培训分离; 需要不同层级政府之间的协调和配合	难以确保研究队伍的长期稳定; 需要进行不同组织机构间的协调; 某些研究难以获得经费支持; 存在某些领域缺乏专门人才的风险; 短期博士后研究越来越多,降低了对从事长期研究的吸引力

根据此分析方法,各国科技体系的治理结构大致可以分为三种类型:集中型、二元型和分散型。

集中型体系通常在国家层面设置国家级科技管理部门,统一管理本国科技活动,这种统一管理通常有利于充分发挥保护和培育研究机构的作用,为开展长期、高风险的研究带来便利。但科学技术发展容易违背实际需求或者远离其他政府机构的使命,影响科技成果的利用。在集中型科技体系下,优先领域设置等科技战略通常以自上而下(top-down)的方式形成,是在充分考虑国家科技发展目标后作出的,因此其合理性可以保障。一些新兴的工业化国家和发展中国家通常采用集中型的科技体系,通过发挥中央政府在科技政策和资源配置上的作用,集中力量于一些重点领域来追赶发达国家,比较典型的有中国、日本、韩国、印度与法国等。

分散型体系与集中型体系相反,通常并不设国家层面的宏观科技管理部门，科技管理职能分散于政府的各个职能部门中，这种科技管理职能上的分散便于各政府部门根据自己的目的或职能领域来确立本部门工作的使命，并能对各种问题较快地做出反应，科学技术发展也更多能以外部需求为导向，在应用促进发展方面保持较高的效率。在分散型科技体系下，科技战略主要是基于每一个相关责任部门的自律性行为，以自下而上（bottom-up）的方式形成，这样虽然能够保障科技整体发展战略的多样性，但作为战略的重要组成部分，每一个相关责任部门决策的合理性就显得尤为重要，必须予以确保。此外，分散型体系也相对容易造成各部门争夺有限的科技资源，影响创新体系整体效率。从投资角度来看，这种各部门各自为政的科技治理模式也容易造成对基础性科学技术的重复投资，使投资出现低效率。一些市场经济较为发达的国家通常采用分散型科技体系，比较典型的有美国、加拿大、英国和爱尔兰等。

二元型体系是介于集中型与分散型之间的一种中间类型，国家科技体系一般通过国家和地区的科技教育行政部门共同管理，科技政策则主要通过自上而下与自下而上相结合的方式来形成，形成过程伴随着诸多利益主体的参与，通常是各体系间利益协调的产物。二元型体系集成了集中型与分散型的一些优点，能够较好地在上下之间获得平衡，有利于科技资源的有效管理与整合，但整个科技体系的治理结构和科技政策的形成过程都较为复杂，对其进行协调与管理的难度较大，这也对介于国家与地方之间或介于科技、产业、政策体系之间的中间行政机构提出了更高的要求。德国、瑞士、奥地利这些国家是联邦-州二元型科技体系较为典型的代表。

需要指出的是，虽然有了这种国家科技形态的分析框架，但实际上要把主要国家的科技治理结构归入到这三个类别中仍很困难，每个国家的科技体系都很复杂，具有上述三种形态中任何一种的某些特征，是这三种基本形态的混合体。

2.2 不同治理结构下科技行政关联机构的设置

在科技研发与创新能力日益成为推动国家和区域经济发展关

键力量的今天，科技政策不仅决定着科技自身的发展方向，更决定着科技与经济生产结合的紧密程度，因而事关国运与民生。作为一门具有专业性、多样性与长期性等特征的政策科学，各国普遍设置了形式多样的科技行政关联机构，以满足复杂多变的国际国内环境下科技政策制定在质量与速度上的要求，这也是不同国家科技治理结构呈现出不同形态的重要原因之一。本节重点对主要国家围绕在科技行政机关长官周围的科技行政关联机构进行讨论与介绍，采用日本文部科学省下属科学技术政策研究所（NISTEP）《主要各国の科学技術政策関連組織の国際比較》的分析框架，该框架曾被用来对美国、英国、法国和德国这四个国家的科技行政关联机构设置进行过分析和比较。本文研究在此分析框架的基础上进行了整理和补充。

根据 NISTEP 的分析框架，科技行政关联部门中对政策制定起主要支持作用的有辅佐机构、建议机构、劝告机构、支援机构以及提议机构等。此外，还包括推进跨部委科技政策形成与实施（自下而上）的负责机构和协调机构、跨部委政策实施（自上而下）的实施组织、政策评价过程中的评价性劝告机构、负有监察职能的统制机关、立法机关等。根据此分析框架，图 2-1 绘出了在政策形成、实施、评价的全过程中各科技行政关联部门所处的位置。

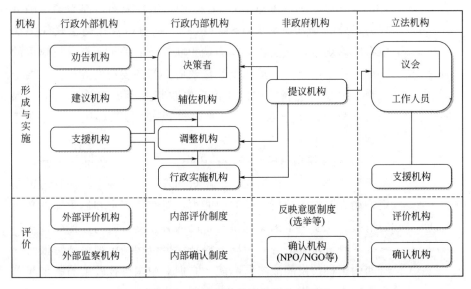

图 2-1　科技行政关联机构分析框架

在这里主要介绍对科技政策制定起主要支持作用的科技管理机构。

① 辅佐机构（Assist Body）包括辅佐官员和辅佐组织，主要指设在行政部门中，对决策者的政策制定及其形成过程给予辅佐作用的相关人员及组织。辅佐官员一般为国家主管科技活动的长官（一般为国家元首）的助理，解答长官关于科技活动的各种问题。比较具有代表性的辅佐机构是美国的总统科技顾问（APST）和美国科技政策办公室（OSTP）的辅佐制度，在下文中将进行详细介绍。

② 建议机构（Advisory Body）通常基于法律或行政手段设立，是设于行政部门外的审议机构，主要针对政策制定给予意见和扮演顾问角色。美国总统科技顾问委员会（President's Council of Advisors on Science and Technology，简称 PCAST）是典型的建议机构，PCAST 于 2001 年根据美国总统布什的 13226 号行政令成立，该委员会实行两主席制，由总统科技顾问和另一位由总统亲自指名的私营部门人士共同担任，旨在接收从私人部门以及高校技术、科研、数学与科学教育共同体的建议。

③ 劝告机构（Recommendatory Body）的设立、组织与运行方式通常也基于法律规定，主要通过事前评价的方式对政策制定予以建议。以瑞士科技委员会（Schweizerischer Wissenschafts-und Technologierat，简称 SWTR）为例，作为瑞士国会权力以外的专家委员会，SWTR 的组织与运营在瑞士联邦宪法中有明确规定，该委员会作为瑞士联邦政府关于所有科技政策的咨询组织，以自己行动或受联邦政府部门的委托的方式，对瑞士教育、科研与创新领域的评价，向联邦议会提交关于瑞士联邦经济、科研政策计划等问题的建议以及实现这些建议的合适方案。

④ 支援机构（Supporting Body）设立在行政部门内部，或基于法律、行政手段设立于行政机构外部的机构中，拥有情报收集、调查及深入分析与研究的能力，对政策制定和运营提供必要的情报。几乎每个国家都设有自己的科技支援机构，比如日本科学技术政策研究所等，中国的科技支援机构是中国科技情报研究所和中国科技发展战略研究院，它们对中国科技政策的制定起着重要的支撑作用。

表 2-2 主要国家科技行政关联机构比较

机关种类	美国	英国	法国	德国	瑞士	日本	中国
行政机关及其他相关机关 The Executive and its Relevant Bodies							
行政机关长官 Head of the Executive	总统	首相	总统	总理	总统	首相	主席
国家政策形成(包括跨部委政策形成)National Policy Making(including Interministerial Policy Making)							
辅佐机关 Assistant Body	科技政策办公室(OSTP)	政府科学办公室(GO Science)	—	—	—	—	—
行政机关长官助理 Assistant to the Head of the Executive	总统科技顾问(APST)	首席科学顾问(CSA)	总统高等教育与科技顾问;技术顾问	—	—	—	—
科学技术部长助理 Assistant to the Minister in charge of Science and Technology	—	首席科学顾问(CSA)	部长办公室技术顾问	—	—	—	—
建议机关 Advisory Body	总统科技顾问委员会(PCAST)	科学技术委员会(CST)	研究技术高级委员会(CSRT)	科技与政策基金会(SWP)	—	科学技术·学术审议会(CST)	—
劝告机关 Recommendatory Body	—	—	科学观测所OST战略分析中心	德国科学委员会(WR)	瑞士科技委员会(SWTR)	日本学术会议(SCJ)	—
支援机关(分析、调研)Supporting Body(analysis, survey)	国家科学基金(NSF);科学、工程与公共政策委员会(COSEPP)	科技政策研究所(SPRU);科学与公共政策研究所(PREST)	—	弗朗霍夫创新研究系统与创新研究院(Fraunhofer ISI)	瑞士科技研究中心(CEST),已关闭;瑞士科技成果评估中心(TA-SWISS)	科学技术政策研究所(NISTEP);国立教育政策研究所(NIER)	中国科技情报研究所;中国科技发展战略研究院

续表

机关种类	美国	英国	法国	德国	瑞士	日本	中国
跨部委政策形成、实施（自下而上类型）Interministerial Policy Making/Execution(Bottom-up type)							
跨部委政策形成与实施的负责机构 Minister/Agency in charge of interministerial Science and Technology coordination	—	商务、创新和技能部(BIS)	高等教育暨研究部(MESR)	联邦教育与研究部(BMBF)	内政部联邦教育科研秘书处(SBF)	文部科学省	—
跨部委协调机构 Interministerial Co-ordination Body	国家科技委员会(NSTC)	科学与创新子委员会[ED(SI)]	科学技术与研究部际委员会(CIR-ST)	科学联席会(GWK);德国科学委员会(WR)	—	总合科学技术会议(CSTP)	国家科学技术组 教育领导小组
跨部委政策实施（自上而下类型）Interministerial Policy Execution(Top-down type)							
组织	国家科技委员会(NSTC)	—	—	—	—	—	—
政策评价 Policy Evaluation							
基于评价的劝告机关 Recommendatory Body based on Evaluation	国家绩效评价委员会(NPR)	—	科研与高等教育评价署(AERES)	德国科学委员会(WR)	瑞士科技委员会(SWTR)	总务省行政评价局	—
外部评价体制 Evaluation System	政府绩效与结果法案(GPRA)	基于顾客-承包者（Customer-contractor）之间关系的绩效评价	AERES内部指定专人或委托外部机构评价	管理者委托下属部门进行评价	管理者委托下属部门进行评价	基于被评价组织委托的外部评价	—
行政控制机关 Control of the Executive							

机关种类	美国	英国	法国	德国	瑞士	日本	中国
基于审计的劝告机关 Recommendatory Body based on Audit	美国审计总署（GAO）	英国国家审计办公室（NAO）	—	—	—	—	驻科技部纪检组监察局
立法机关 The Legislative							
支持机关 Supporting Body	国会研究处（CRS）	议会科学技术办公室（POST）	—	—	—	—	
外部机关 The External							
提议机关 Suggesting Body	科技、工程与公共政策委员会（COSEPUP）	皇家学会（The Royal Society）；皇家工程院（Royal Academy of Engineering）		德国议会技术评价办公室（TAB）		综合研究开发机构（NIRA）	同济大学中国科技管理研究院等

注："—"表示不存在与此项对应的制度或监察机关，尤其对监察机关，虽然存在执行检查专职的机关，但若该机关对科技政策无监察作用，那么在此也同样视为不存在。

资料来源：根据日本科学技术政策研究所（NISTEP）《主要各国の科学技術政策関連組織の国際比較》整理与补充。

第2章　主要国家科技治理结构的比较研究

⑤ 提议机构（Suggesting Body）是对科技政策制定进行建议的非政府机构，例如隶属于美国国家科学院（The National Academies）的科技、工程与公共政策委员会（COSEPUP），它在为美国政府及议会科技政策咨询和重大项目咨询中发挥着非常积极的作用。

在上述分析的基础上，表 2-2 给出了主要国家科技行政关联机构的比较。

从表 2-2 中不难看出，作为一个科技管理职能较为分散的国家，美国虽然并未设有类似科技部的国家宏观科技行政主管部门，但完善的科技行政内外关联机构能够在科技政策制定方面起到重要的作用：全方位的信息收集机制确保了美国在制定科技政策时能够有效获得来自于政府内外全方位的信息，并通过总统科技顾问（APST）这一渠道最终汇集到国家元首层面，为政策制定提供强有力的支撑；多样、完善的科技政策支援体制不仅使国家有能力进行专业化较高的深层研究分析和纵览全局的基础研究分析，还可以进行相关知识和人才的贮备。较为完整的科技行政关联机构也许是近年来美国相对于其他国家科技治理体系较为稳定、鲜有大幅度调整的原因。另一个科技管理职能较为分散的国家：英国，同样也采用了首席科技顾问（CSA）制度。

德国与瑞士的科技治理结构属联邦-州二元型体系，虽然没有建立起类似美国的总统科技顾问制度，但基于评价的劝告机关（德国科技委员会 WR 和瑞士科技委员会 SWTR）在这两个国家的科技政策制定过程中扮演着相当重要的角色。事实上，作为联邦制度设计的结果，这两个部门不仅是政策制定者的咨询部门，更扮演着联邦-州之间科技事业发展协调者的角色。

2.3　主要国家科技体系治理结构的特点与变革

2.3.1　美国科技体系治理结构

（1）多元分散型的科技治理结构

美国是世界上综合科技实力最强的国家，其科技体系属于多元分散型，在科技管理体制上体现为分权式的科技治理结构，联邦政府并没有设立类似于"科技部"一样专门统筹与规划全国科学技术活动的机构，而是由行政、立法、司法三大系统不同程度地参与到国家科学技术政策制定和科技工作的管理中来，其中行政系统的涉入面最大，这样的结果就是在科技活动的不同层次上都存在着权力斗争。从宏观角度来看，代表立法的国会比行政部门更能决定政策走向；行政部门则掌握财政杠杆，制订科技预算，负责各种科技计划与项目的执行并向国会提出立法的建议，同时也是各项法案的具体执行者；国会负责审批最终科技预算，并且通过立法决定科技政策框架，1993 年政府绩效与结果法案（GPRA）实施后，国会的科技评估功能得到进一步强化，行政部门对立法的影响主要体现在总统的立法否决权上，各行政部门为实现特定的任务，在编制科技政策和建设方面拥有很大的自主权，可以在法律明确允许的范围内颁布行政规章。司法部门主要负责对法律条文的最终裁定，这种裁定往往一锤定音，无论是行政还是立法部门都难以左右司法部门的判决。三种权力相对制衡的结果就是联邦研究体系能够保持相对稳定，很少出现较大规模的结构体系调整。美国科技体制的这种多元分散特征一直被认为是维持风险取向行为的结果，这也被认为是美国科研体系能够保持杰出表现的主要原因之一。

（2）总统科技顾问和科技政策办公室辅佐制度

作为最重要的辅佐官员，美国总统科技顾问（Assistant to the President for Science and Technology，简称 APST）在美国科技行政体系中的角色非常重要，他通过担任科技政策办公室（OSTP）主任、国家科技委员会（NSTC）代理主席和美国总统科技顾问委员会（PCAST）主席，确保来自于行政内部与外部各方面的科技信息通过各种渠道汇集到自己手中，并向总统做相应的报告、回答总统科技方面的问题。PCAST 由总统指名，通常由具有很高声望的著名科学家担任，因此这名科学家的主攻方向也可反映出总统感兴趣的领域。目前奥巴马的总统科技顾问是哈佛大学主攻气候和能源的物理学家约翰·霍尔德伦（John Holdren）。

美国科技政策办公室（Office of Science & Technology Policy，简称 OSTP）成立于 1962 年，1973 年撤销，1976 年国会根据《国家科技政策、组织和优先领域法》再次建立。它最主要的职能是协助 APST 的工作，向总统及总统办公室的其他人员就科技对国内和国际事务的影响提出建议。其他职能包括：牵头多部门制定和实施完整的科学技术政策和预算；与私营部门合作以确保联邦政府的科技投入能够促进经济繁荣、环境改善和国家安全的提高；在联邦政府、州政府、地方政府以及国家和科学团体之间建立强有力的合作关系；评估联邦政府科技措施的规模、质量和成效。OSTP 下设科学、技术、能源环境和国家安全与国际事务 4 个部门。APST 担任 OSTP 主任，4 个副主任皆由总统任命并由参议院批准❶。

（3）美国的宏观科技体制

美国的宏观科技体制主要由总统班子（白宫）、国会（参众两院）和各联邦部门科技机构组成。

白宫的科技管理机构主要包括科技政策办公室、国家科技委员会（NSTC）、总统科技顾问委员会（PCAST）等。PCAST 于 2001 年根据美国总统布什的 13226 号行政令成立，旨在接收从私人部门以及高校技术、科研、数学与科学教育共同体的建议。NSTC 是 1993 年根据美国总统克林顿的 12281 号行政令成立的，是总统协调科技以及各联邦政府研发机构的主要机构。可以说，PCAST 和 NSTC 对推动科技发展的作用是相辅相成的。NSTC 从政府的角度制定符合国家目标的科技发展计划，而 PCAST 则从民间、企业及非政府部门的角度提供关于对这些科技计划的反馈意见，并提出对事关国家发展的科技问题的建议。

国会是美国立法机构，通过对全国科学技术的立法权、大型科研项目的拨款权、政府各部门科研经费的审批权来保障科技的发展。美国国会的参众两院都有负责科技事务的委员会。众议院负责科技事务的是科学与技术委员会（Committee on Science and Technology），下设技术与创新、能源和环境、投资与监控、科研教育、空间与航空 5 个分委员会，主要负责对几乎所有非防卫联邦科研项目的监督；参议院负责科技事务的授权委员会是商务、科学与运输委员会（Senate Committee on Commerce, Science, & Transportation）。参众两院的这两个涉及科技事务的委员会负责讨论并审议其分委员会所辖领域有关的拟议法案、决定

---

❶ About OSTP：http://www.ostp.gov/cs/about_ostp.

及有关信息。此外，国会还下设技术评估局、国会图书馆中的科学技术研究和参考服务部等机构。以上机构对全国科技立法、大型科技项目审批和拨款起决定作用，它有权单独委托有关科研部门组成"特别咨询小组"，对任何科研项目有关疑点进行质询，对其可行性进行评估认证，还要求政府有关部门对某些项目重新设计等。"特别咨询小组"由委托部门聘请有关学科中的知名科学家、教授、专家及工商企业界高级管理人员组成。

隶属于美国总统行政办公室的联邦政府部门很大一部分都具有相应的科技研发管理职能，设有下属研发机构，负责本部门所属领域科技研发工作的管理与协调，这些部门通常占据了美国科研经费的很大一部分。重要的拥有科技研发管理职能的部门主要有国防部、卫生部、能源部、商务部、农业部、运输部、环保局、国家航空航天局以及美国国家科学基金会（NSF）等。

美国的科技行政机构图如图 2-2 所示。

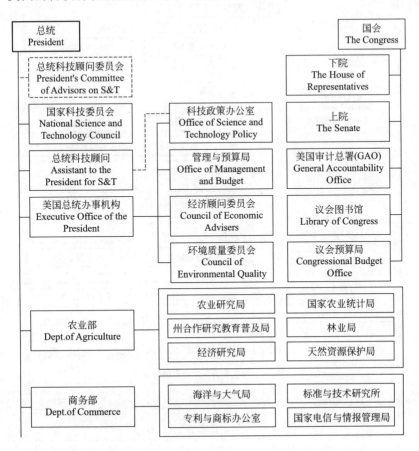

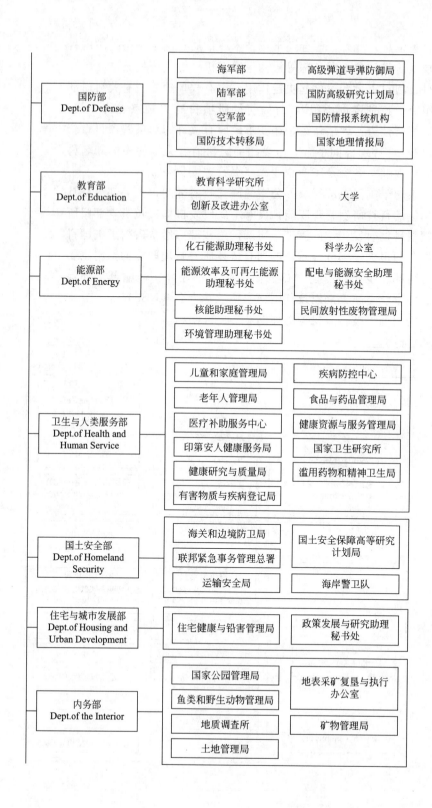

国防部 Dept.of Defense	海军部	高级弹道导弹防御局
	陆军部	国防高级研究计划局
	空军部	国防情报系统机构
	国防技术转移局	国家地理情报局

| 教育部
Dept.of Education | 教育科学研究所 | 大学 |
| | 创新及改进办公室 | |

能源部 Dept.of Energy	化石能源助理秘书处	科学办公室
	能源效率及可再生能源 助理秘书处	配电与能源安全助理 秘书处
	核能助理秘书处	民间放射性废物管理局
	环境管理助理秘书处	

卫生与人类服务部 Dept.of Health and Human Service	儿童和家庭管理局	疾病防控中心
	老年人管理局	食品与药品管理局
	医疗补助服务中心	健康资源与服务管理局
	印第安人健康服务局	国家卫生研究所
	健康研究与质量局	滥用药物和精神卫生局
	有害物质与疾病登记局	

国土安全部 Dept.of Homeland Security	海关和边境防卫局	国土安全保障高等研究 计划局
	联邦紧急事务管理总署	
	运输安全局	海岸警卫队

| 住宅与城市发展部
Dept.of Housing and
Urban Development | 住宅健康与铅害管理局 | 政策发展与研究助理
秘书处 |

内务部 Dept.of the Interior	国家公园管理局	地表采矿复垦与执行 办公室
	鱼类和野生动物管理局	
	地质调查所	矿物管理局
	土地管理局	

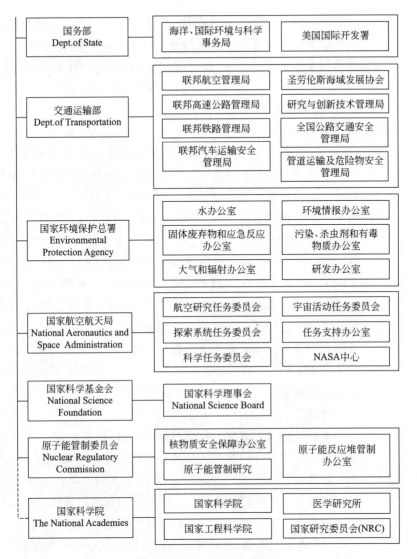

图 2-2　美国科技行政机构图

2.3.2　英国科技体系治理结构

（1）科技与教育部门的连续行政改革

一直以来，英国的宏观科技管理是由贸工部（DTI）负责，贸工部大臣（State Secretary）下设负责科技的国务部长（Minister）辅佐贸工大臣负责政府科技管理事务。隶属于贸工部的科技办公室（Office of Science and Technology，OST）是政府主要宏观科技管理机构，通过与其他政府部门的合作与协调，负责政府总体科技政策和宏观管理。近年来，英国对其科技与教育管理部门机构设置进行了连续的行政改革。2007 年 6 月 28 日，英国首相布朗将原教育与技能部（Department for Education and Skill）一分为二，组建了儿童、学校和家庭部（Department for Children，Schools and Families，DCSF）和创新、大学与技能部（Department for Innovation，Universities and Skills，DIUS）。新的创新、大学与技能部整合了原隶属于贸工部的科技与创新办公室（Office of Science and Innovation）、英国知识产权局的创新与知识产权管理功能以及原隶属于教育与技能部的技能培养和高等教育管理与发展功能。短短两年后，在 2009 年 6 月新的内阁改组中，DIUS 又再次与商业、企业和规制改革部（Department for Business，Enterprise and Regulatory Reform，BERR）合并，成立了新的商务、创新与技能部（Department for Business，Innovation and Skills，BIS），作为负责政府宏观科技管理的主要部门。该部门的主要职责包括：促进学习、提升技能；引导创新；服务于学习者与企业家以及为政府部门提供支持❶。这两次连续的行政机构改革是英国为提升本国创新水平而努力的最好体现，改革将对英国的教育与科研发展产生重大影响，DCSF 的成立将英国政府的教育焦点从教育与学生初入社会的一次性的连接，调整为教育与学生终身学习、工作、生活的深度联接，能积极促进有关儿童及青少年的政策协调发展；BIS 的成立则旨在更好地推进科研发展，强化英国的科技创新驱动战略，实现英国成为"全球科学、研究与创新最佳之地"的长期目标。这两次改革中科技与教育管理部门的调整如图 2-3 所示。

（2）基于消费者-签约者原则的英国公共研发机构改革

早在 20 世纪 70 年代，英国就开始公共研发机构的行政改革，这场改革是在"新公共管理"运动的背景下进行的，强调减小行政规模、削减公共开支，加大市场化程度和竞争程度，这促使英国政府对国家和研发机构的关系进行重新思考。伴随着 1970 年原科技教育部的职能被分拆到相关部门或研究理事会，1971 年，以罗斯切尔德（Rothschild）为主的中央政策评估小组在《政府研究开发的组织和运营》报告中提出，政府对应用科学

---

❶ http://www. dius. gov. uk/about _ us/what _ we _ do. aspx.

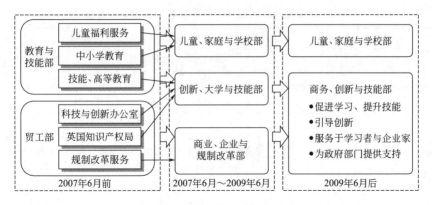

图 2-3　英国科技行政部门改革

的研究应采取"消费者-签约者"原则（Customer-Contractor Principle），即"由消费者说出自己的需要，由签约者去实施，然后由消费者付费"，其目的是要打破政府部门和所述研究机构的行政拨款关系，增加对科研经费的竞争性使用。为了明确消费者-签约者之间的关系，作为"消费者"的政府机关设置了首席科学家（Chief scientist），作为"签约者"的研究机构设置研发总指挥（Controller R&D），"消费者"一方的首席科学家要确定研发项目的必要性、费用和优先事项，"签约者"一方的研发总指挥要由研发机构的负责人担任，如果研发总指挥认为研发机构内没有具备满足顾客要求的设施与专业能力，也可以作为顾客向外部组织委托业务。

作为这一原则的运用，20世纪80年代中到90年代初，英国政府重新定位了研究机构的职能，弱化了同行政机构的关系，增强了研究机构的自主性，政府所属研究机构不再作为其下属机构，而是作为其执行机构，为自己争取科研经费。从1989年到1995年，约有63%的公共科研机构经评估转换为了执行机构。

根据英国公共研究机构改革的实践，英国对有必要进行改革的公共研究机构通常采取5种改革方案：关闭、同相关领域其他实验室合并、私有化、转变为执行机构或者回到政府部门或研究理事会所属。其中，最为主要的私有化改革又更为灵活地采取了出售、转制为非营利机构、政府拥有-委托管理等模式，详见表2-3❶。

❶ 黄宁燕，周寄中. 英国公共研究机构改革及对我国的启示. 研究与发展管理，2003（5）：58-64.

表 2-3　英国公共研究机构私有化改革的类型与案例

改革类型		代表机构	说　明
出售	通过合同直接转让给私营机构	国家工程实验室（NEL）	1995 年转让给西门子的子公司评价服务公司。NEL 本身拥有 216000 英镑的赤字，贸工部支付给西门子 195 万英镑以接管实验室的产权；并且给予 NEL 五年内价值 3000 万英镑的工作合同
	转卖给非政府联盟	政府化学家实验室（LGC）	1995 年 11 月，LGC 被出售给一家联盟，但保留其名称。由于实验室具有法定职责，因此皇家化学学会介入以保证 LGC 具有公共的产权结构。政府保留了当发生股权转让时，终止保证给予 LGC 工作合同的权利
	管理者收购	建筑研究所（BRE）	1990 年 BRE 成为环境部的一个执行机构。1996 年 10 月，政府宣布将 BRE 出售
转制为非营利机构（担保有限公司）		交通研究实验室（TRL）	1996 年，政府将 TRL 转让给交通研究基金会，该基金会是由前 TRL 高层管理人员建立的有限担保公司；基金会付给政府 600 万英镑，并从政府那里得到了价值 3200 万英镑的研究合同。TRL 目前的名称是 TRL 有限责任公司，为交通研究基金会的全资子公司
政府拥有-委托管理（GOCO）		国家物理实验室（NPL）	1995 年 10 月 1 日，SERCO 集团与贸工部签订合同，成立国家物理实验室管理有限公司管理 NPL。贸工部与 SERCO 于 2002 年重新签订了合同，并决定通过私人融资计划重建实验室

（3）基于 Haldane 原则的英国研究委员会制度

1918 年以 Haldane 为代表的委员会在《Haldane Report》中建议，政府部门可以监督它所要求的研究，但更一般的研究活动必须纳入自治的研究委员会控制之下，不受政治、行政压力影响。这一关于研究委员会自治的原则现在被称为 Haldane 原则（Haldane Principle），第一个根据这一原则创立的研究委员会是医学研究委员会（MRC）。

在现今英国研究委员会的运行制度下，Haldane 原则仍是一项基本原则：政府有权决定分配给每个研究理事会的预算，并对如何参与主要国际合作做出最后决定，但政府不能决定具体资助哪些科研人员与研究项目❶。

（4）英国的宏观科技体制

英国与美国一样没有统一的科学技术组织管理机构，对科技

---

❶ 英国研究委员会（RCUK）的运行机制：http://www.rcuk.ac.uk/aboutrcs/operation/default.htm.

实施分散管理。其宏观科技体制大致可分为两大层次：议会级科技管理机构和政府各部门级科技管理机构。前者主要负责科技发展重大方针政策的制定，后者各司其职，对各自相关领域内的研发机构实施专门化的科技管理。

议会级科技管理机构的主要任务在于为议员提供各类与科技相关的信息，使负有重大使命但鲜有科技背景的议员能够理解具体科技问题并把握其本质，了解科技发展的动态趋势。在长期的实践进程中，英国议会发展了较为完善的议会科技事务工作架构和运转机制，以人员构成形式可归纳为以下 3 类[1]。

第一类是议会中有固定编制的常设机构，这类机构是议会的一个有机组成部分，如议会科学技术办公室（POST）和下议院图书馆的科技与环境处（SES）等。

第二类是由议会议员为主组成的机构，如议会科学技术专门委员会（Select Committees），包括上议院科学技术专门委员会（HLSCST）以及下议院科学技术委员会（HCSTC）。

最后一类是由议会院外人士，如政治家、科学家、工程师等为主组成的机构或组织，统称为准议会组织（Associate Parliamentary Group，APG）。这类组织数量众多，其性质大致可以归结为游说团体。其中历史最悠久又具有代表性的是议会与科学委员会，此外，还包括准议会和工程组、议会信息技术委员会、多党议会化学工业组、议会能源研究小组、皇家化学学会等。

英国政府各部的科技管理主要集中在商务创新与技能部、国防部、卫生部、儿童学校与家庭部等部门中。其中商务创新与技能部是最重要的政府科技发展与管理部门，下设政府科学办公室（GO Science），由经英国首相直接任命的政府首席科学顾问（The chief Scientific Adviser）负责，推进科技与创新发展，协调跨部门的整体科技合作。目前英国的政府首席科学顾问是英国帝国大学应用种群生物学专业的教授约翰·贝丁顿（John Beddington）。

英国的科技行政机构图如图 2-4 所示。

---

[1] 赵克. 科学技术的制度供给. 上海：复旦大学出版社，2008.

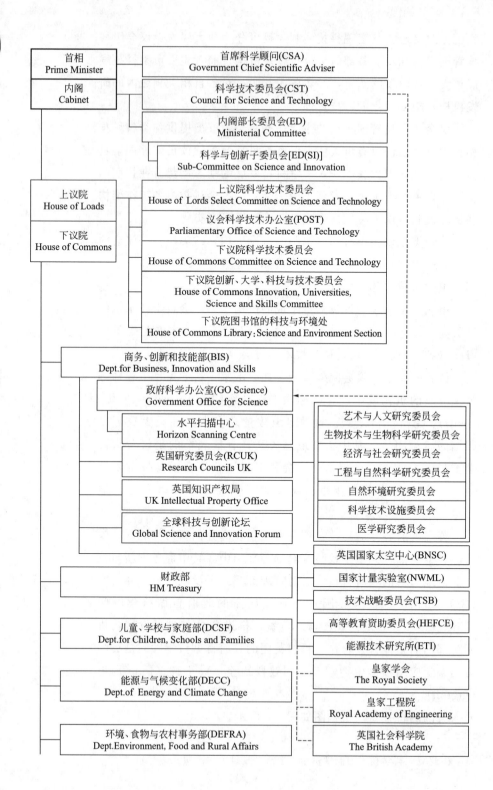

国内外政府宏观科技管理的比较

首相 Prime Minister	首席科学顾问(CSA) Government Chief Scientific Adviser
内阁 Cabinet	科学技术委员会(CST) Council for Science and Technology
	内阁部长委员会(ED) Ministerial Committee
	科学与创新子委员会[ED(SI)] Sub-Committee on Science and Innovation

上议院 House of Loads	上议院科学技术委员会 House of Lords Select Committee on Science and Technology
下议院 House of Commons	议会科学技术办公室(POST) Parliamentary Office of Science and Technology
	下议院科学技术委员会 House of Commons Committee on Science and Technology
	下议院创新、大学、科技与技术委员会 House of Commons Innovation, Universities, Science and Skills Committee
	下议院图书馆的科技与环境处 House of Commons Library：Science and Environment Section

商务、创新和技能部(BIS)
Dept.for Business, Innovation and Skills

政府科学办公室(GO Science)
Government Office for Science

水平扫描中心
Horizon Scanning Centre

英国研究委员会(RCUK)
Research Councils UK

英国知识产权局
UK Intellectual Property Office

全球科技与创新论坛
Global Science and Innovation Forum

艺术与人文研究委员会
生物技术与生物科学研究委员会
经济与社会研究委员会
工程与自然科学研究委员会
自然环境研究委员会
科学技术设施委员会
医学研究委员会

英国国家太空中心(BNSC)

财政部
HM Treasury

国家计量实验室(NWML)

技术战略委员会(TSB)

儿童、学校与家庭部(DCSF)
Dept.for Children, Schools and Families

高等教育资助委员会(HEFCE)

能源技术研究所(ETI)

能源与气候变化部(DECC)
Dept.of Energy and Climate Change

皇家学会
The Royal Society

皇家工程院
Royal Academy of Engineering

环境、食物与农村事务部(DEFRA)
Dept.Environment, Food and Rural Affairs

英国社会科学院
The British Academy

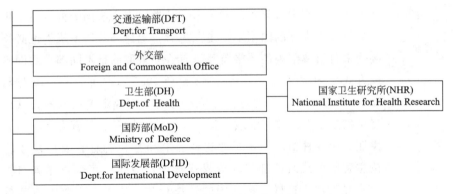

图 2-4　英国科技行政机构图

2.3.3　法国科技体系治理结构

（1）集权科技形态下的独立公共研究机构

根据法国法律，法国的公共科研机构分为科技型研究机构和工贸型研究机构两类。

科技型研究机构（Établissements Publics à caractère Scientifique et Technologique，简称 EPST）主要负责法国的非定向研究（或自由探索研究）。科技型机构采取与政府部门同样的行政管理，必须严格遵守政府的各项财务规章制度，决策时拥有完善的评价与咨询体系，其工作人员享受政府公务员的待遇，研究项目的经费和人员工资全部由政府拨款。

工贸型研究机构（Établissements Publics à caractère Industriel et Commercial，简称 EPIC）主要负责法国的定向研究（或目的性研究）。工贸型机构除政府拨款外，可在一定范围内从事商贸活动，取得设计费、鉴定费、实验费等收入，用于支付部分人员的工资或提高全体员工的待遇。这两类研究机构举例如表 2-4 所示。

表 2-4　法国的科技型研究机构与工贸型研究机构

类　型	举　例
科技型研究机构（EPST）	国家科研中心（CNRS）；国家农业研究所（INRA）；国家医学卫生研究所（INSERM）；国家信息与自动化研究所（INRIA）；巴斯德研究所；国家农机、乡村工程、河流与森林研究中心（CEMAGREF）；国家人口研究所（INED）；国家交通安全研究所（INRETS）等
工贸型研究机构（EPIC）	法国国家空间研究中心（CNES）；国家海洋开发研究所（IFREMER）；农业发展国际合作研究中心（CIRAD）；科学工业城等

作为一个中央集权制的国家，长期以来，法国的科技体系也一直带有很强烈的国家干预主义色彩，上述公共研发机构也必须接受来自所属部委的严格监督（有许多采取的是不同部委共同管理方式）。但事实上，法国1982年和1985年颁布的82-610号与85-1376号《科技规划与指导法》等法律都规定了法国的公共研究机构是享受行政和财政自治的法人，在财务、经营方面具有自律性。在这种情况下，虽然这些公共研发机构存在着由国家科技主管部门或其他部门的集权式管理，但几乎完全依靠其自律性开展工作。这样，在法国的科技行政体制下，很难形成或执行自上而下的战略。公共研究机构的负责人、政府科技部门主管等各级别人员都具有自己的独立思维，导致法国科技体系高度复杂。

（2）竞争导向的科技体制改革

在经历了2004年科技人员大规模的抗议浪潮后，法国于2005年开始逐步推进科技体制改革，以提升法国的创新能力。在这之中，法国国家科研总署（L'Agence Nationale de la Recherche，简称ANR）的建立被视为影响法国创新体系的第一个主要变化❶。

ANR于2005年1月创立并试运行，于2007年1月1日正式成立。ANR设立的目标是希望通过引入竞争性项目资助的方式提升法国科研绩效。它的运行机制类似于美国国家科学基金（NSF），资助是基于"项目"而非"人员"，这样就突破了科研经费主体按人头投入的传统模式，将竞争机制引入法国国家科研政策的整体框架内。ANR同时资助基础研究与应用研究，也通过"partnership"项目对私人实验室与公共部门的联合申请提供资助，以增强法国的公私合作模式❷。

（3）旨在提升中小企业创新能力的机构改革

长期以来，法国科技发展的注意力主要都集中在大项目（Grands Programmes）上，围绕公众的生活与国防活动，重点发展核能、空间、航空、通信等技术，中小企业在国家创新体系

❶ Emmanuel Muller，Andreal Zenker，Jean-Alain Héraud. France：Innovation System and Innovation Policy. Frauhofer ISI Discussion Papers No. 18. Karlsruhe，April 2009.

❷ ANR 2007 Annual Report：http://www.agence-nationale-recherche.fr/DeptUK.

中的作用并不突出。近年来，法国的国家创新活力持续下降，根据 OECD2004 年的综合报告，法国科技指标的排名仅列第 30 位❶，在经济、出口、社会负担等方面也面临着严峻挑战，面对这些困难和矛盾，法国政府开始逐步改变其工业创新政策的重点，将中小企业推向创新活动的前沿，这种改变有两个很明显的体现。

一是成立了中小企业创新集团。2005 年，国家创新署（Agence Nationale de Valorisation de la Recherche，简称 AN-VAR）与国家中小企业发展银行（Banque du développement des petites et moyennes enterprises，简称 BDPME）合并，成立了新的中小企业创新集团（OSEO group），这是法国促进创新型中小企业发展战略的最好体现。新成立的中小企业创新集团旨在为法国的中小企业在其生命周期最为关键的时期提供帮助与经济支持❷。在集团内部，OESO innovation（即以前的 ANVAR）负责对创新活动的支持与资助、提升公众对中小企业的支持、支持中小企业的发展。

二是关闭了工业促进署（AII）。工业促进署（Agence de l'innovation industrielle，简称 AII）是根据《贝法报告》（Beffa Report）于 2005 年由希拉克政府建立，旨在促进法国工业企业的创新战略意识。作为法国培养"国家冠军"传统发展思维的延续，AII 由总理直接主持工作，主要任务是引导、界定和遴选大型工业创新项目并直接参与项目的投资。不难看出，AII 的运作更重视支持法国大型公司与中型创新型企业的研发活动，藉此来提升法国高技术部门的竞争力，在一些重点领域取得技术与市场的绝对优势，并创造出更多的就业机会、推动法国科技与经济的发展。2007 年萨科奇上台执政后，在工业创新政策方面更倾向于提升国家中小企业的创新能力，不符合这一新科技发展战略的 AII 于 2008 年初被正式关闭。

（4）法国的宏观科技体制

法国的科技行政机构图如图 2-5 所示。

❶ 周晓芳，刘清，吴跃伟. 法国的科技政策. 科学新闻，2007，(7)：12-14.

❷ About OSEO：http://www.oseo.fr/oseo/oseo_in_english.

国内外政府宏观科技管理的比较

总统
Président de la République

科学技术高等委员会(HCST)
Haut Conseil de la science et de la technologie

总统府
Cabinet du Président de la République

总统高等教育与科技顾问
Conseiller enseignement supérieur et recherche

科研与高等教育评价署(AERES)
Agence d'évaluation de la recherche et de l'enseignement Supérieur

技术顾问
Conseillers techniques

法国核安全信息透明高级委员会
Haut Comité pour la Transparence et l'Information sur la Sécurité Nucléaire

总理
Premier Ministre

科学技术与研究部际委员会(CIRST)
Comité interministériel de la recherche scientifique et technologique

核安全部际委员会(CISN)
Comité interministériel de la Sécurité Nucléaire

可持续发展部际委员会(CIDD)
Commission Interdépartementale de Développement durable

信息社会部际委员会(SISI)
Comité interministériel pour la Société de l'Information

战略分析中心
Centre d'Analyse Stratégique

高等教育暨研究部
ministère de l'enseignement supérieur et de la recherche

原子能委员会(CEA)【国防部】
Commissariat a l'Energie Atomique

研究技术高级委员会(CSRT)
Conseil Supérieur de la Recherche et de la Technologie

国家科学研究中心(CNRS)
Centre Nationale de la Techerche Scientifique

国家科研总署(ANR)
Agence Nationale de la Recherche

国家高等教育与科研委员会(CNESR)
Conseil Natioal de l'Enseignement Superieur et de la Recherche

巴斯德研究所
Institute Pasteur

居里研究所
Institute Curie

法国国家空间研究中心(CNES)
Centre National d'Etudes Spatiales

国家航空宇宙研究所(ONERA)
Office National d'Études et de Recherches Aérospatiales

科学观测所(OST)
Observatorie des Sciences et des Technniques

国家中小企业创新成果推广局(OSEO-ANVAR)
OSEO-Agence Nationale de Valorisation de la Recherche

大学
Universités

高等专业学院
Grandes Ecoles

国立教育研究所(INRP)
Institute National de Recherche Pédagogique

国家基因研究中心(CNRG)
Consortium National de Recherche en Génomique

经济、产业与就业部 ministère de l'Économie, de l'industrie et de l'emploi	法国工业产权局(INPI) Institute National de la Propriéré Industrielle
	中小企业创新组织【高等教育暨研究部】 OESO Innovation
	国家信息与自动化研究所(INRIA)【高等教育暨研究部】 Institute National de la Recherche en Informatique et en Automatique
	辐射防护与核安全研究院(IRSN) Institute de Radioprotection et de Sûreté Nucléaire
	国家计量研究院(LNE) Laboratoire National de Métrologie et d'Essais
	国家统计与经济研究所(INSEE) Institut national de la statistique et des études économiques
生态、能源、可持续发展与海洋部 Ministre de l'Écologie, de l'Énergie, du développement durable et de la Mer	法国石油研究院(IFP) Institut Francais du Pétrole
	法国地质矿产研究局(BRGM)【高等教育暨研究部】 Bureau de recherches géologiques et minières
	法国环境及能源管理署(ADEME)【高等教育暨研究部】 Agence de l'Environnement et de la Maîtrise de l'Energie
	法国辐射废料局(ANDRA)【高等教育暨研究部】 Agence nationale pour la gestion des déchets radioactifs
	法国工业环境暨风险研究院(INERIS) Institut National de l'Environnement Industriel et des Risques
	国家海洋开发研究所(IFREMER)【高等教育暨研究部,食品、农业与渔业部】 Institut Francais de Recherche pour l'Exploitation de la Mer
	法国建筑科学技术中心(CSTB) Centre Scientifique et Technique du Bâtiment
	国家地理研究所(IGN) Institut Géographique National
	国家交通安全研究所(INRETS)【高等教育暨研究部】 Institut National de Recherche sur les Transports et leur Sécurité
	法国公路与桥梁实验中心(LCPC)【高等教育暨研究部】 Laboratoire Central des Ponts et Chaussées
	国家人口研究所(INED)【高等教育暨研究部】 Institut National Etudes Démographiques
	法国就业研究中心(CEE)【高等教育暨研究部】 Centre d'etudes de l'emploi

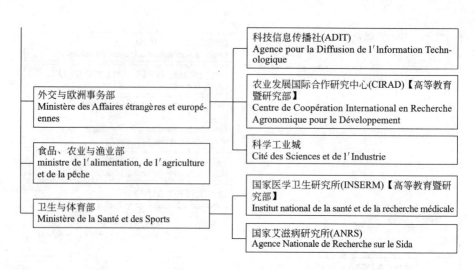

图 2-5　法国的科技行政机构图

注:【】内的部门为不同部委共管部门。

2.3.4　德国科技体系治理结构

(1) 集中与分散相结合的科技体系

作为一个由 16 个州组成的联邦国家，德国科技管理体制最

图 2-6　德国国家创新体系

大的特点在于集中与分散相结合，联邦和州各自履行其科技管理的职能，同时，作为国家创新体系组成部分的科研机构、高校与企业也拥有相应的独立决策权，这造成了德国国家创新体系的半自治状态。正如国弗朗霍夫学会系统与创新研究院的 Stefan Kuhlmann 教授所描述的，德国的创新体系属于一种混合治理结构，它主要由企业研发机构、公共科研机构以及政策行政系统三方构成，并没有明显占统治地位的中心力量（如图 2-6 所示）❶。

❶ OECD. Evaluation as a medium of science & technology policy：recent developments in Germany and beyond. by Stefan Kuhlmann，Fraunhofer Institute Systems and Innovation Research（ISI），Karlsruhe，Germany.

在这个科技创新体系中，有如下几个重要的部门或机构。

联邦教育与研究部（Bundesministerium für Bildung und Forschung，简称 BMBF）是主管国家高等教育和科技发展的政府职能部门，主要负责制订高校及科研方面的方针政策、协调联邦政府部门间以及联邦-州之间的科研工作，并对各种科技活动给予资助。BMBF 掌握联邦政府约 2/3 的研发预算，这些经费主要用于对公共科研机构的支持以及科研项目经费。

科技联席会（Gemeinsame Wissenschaftskonferenz，简称 GWZ）于 2008 年 1 月 1 日成立，前身是联邦-州教育计划及研究促进委员会（BLK），旨在协调联邦-州之间的教育及研发活动。这种协调活动主要包括对高校内部与外部科研活动的支持、对科研建筑及实验仪器的资助等。科技联系会的成员包括联邦政府教育与研究部、财政部的代表以及 16 个州的代表❶。

德国研究共同体（Deutschen Forschungsgemeinschaft，简称 DFG）的职能与美国国家科学基金会（NSF）相似，是联邦政府促进德国高校与公共科研机构科研活动的主要机构。

（2）集团化的研究机构

德国创新体系的另一大特征是由自治的研究机构负责公共研究开发工作，这类研究机构是接受政府机构资助的不完全公共组织，通常以集团化的形式存在，而且这些集团中存在着位于政府与这些研究机构之间的中间组织，即"学会"（Gesellschaft）。这些学会代表了德国科学研究的核心力量，通常学会间也有良好的分工，分别从事不同使命与性质的研究任务，主要包括以下学会。

马普学会（Max-Planck Gesellschaft，简称 MPG）。100％由联邦与州政府提供资助，主要任务是支持自然科学、生物科学、人文科学和社会科学等领域的国际顶尖水平基础研究，支持开辟新的研究领域，与高等院校合作并向其提供大型科研仪器。学术带头人可以自主选择研究课题开展研究工作。

赫姆霍兹学会（Helmholtz-Gesellschaft，简称 HGF）。德国最大的科研组织，有 15 个研究中心，主要从事基础性研究、预

❶ Grundlagen der GWK：http://www.gwk-bonn.de/index.php? id＝252.

防性研究和关键技术研究，研究重点集中在能源、地球与环境、健康、关键技术、材料结构、交通与空间等领域的大型、紧迫问题。学会拥有大量昂贵的大型仪器设备，如重粒子加速器、同步加速器辐射装置、等离子源等。国际一流水平的大型仪器设备使 HGF 在多项研究领域中参与国际项目，并在一些重要的国际组织中代表德国。政府拨款比例为联邦政府占 90%，州政府占 10%。

弗朗霍夫学会（Fraunhofer-Gesellschaft，简称 FhG）。在德国国内拥有 56 个研究所，主要从事应用研究，接受产业界、服务行业和国家公共行政部门委托的合同研究。此外它还从事战略性研究，受联邦和各州有关机构的委托资助实施有助于公共需要和关键技术创新的前瞻性研究项目。

莱布尼兹学会（Leibniz-Gesellschaft，简称 WGL）。前身为经过 WR 评价后保留下来进入蓝名单（Blue List）❶ 的原东德的研究所，后来又增加了一些西部的研究所，现共有研究所 83 个，经费总量约 10 亿欧元，其中 1/3 为通过与大学竞争得来的项目经费，2/3 为政府拨款，包括联邦与州政府的拨款。WGL 定位于问题导向的研究，同时也提供咨询与服务，主要从事五大专业领域的研究工作：人文与教育科学、经济与社会科学、空间科学与生命科学、自然与工程科学以及环境科学等。

（3）负有多重职责的德国科技委员会

隶属于联邦教研部的德国科技委员会（Wissenschaftsrat，简称 WR）在德国的联邦体系设计以及科技体系设计下具有特别的意义。虽然德国科技委员会的英语表述为"Science Council"，但它和英国研究委员会（RCUK）职责完全不同。WR 的主要职责是为联邦科研与大学的发展提供建议，以确保德国的自然与人文科学在欧洲的竞争力。WR 主要关注于两个主要的科技政策领域：一是科研院所（大学、专科学校以及学校外部研究机构）的结构、绩效、发展与资助问题；二是科技体系的全局性问题，从

---

❶ 根据联邦与州的协议框架，将对根据联邦宪法 91b 条款独立的研究机构与对研究活动提供服务功能的机构进行共同资助。它们（约 80 个）具有跨地区的意义，关系到德国全国科技事业的利益。因为对它们进行概括总结的第一份文件打印在蓝色的纸上，故将它们称为进入"蓝名单"的机构。

科研的结构问题到战略计划，以及一些专业领域和学科的评价与控制等。就这两个主题，WR 促进科技界与政策制定者间的持续对话。

　　WR 的组织结构、工作与决策方式如图 2-7 所示。它由联邦政府与 16 个州政府共同资助，下设科学委员会和行政委员会。科技委员会的 32 名成员都由联邦总理任命，其中的 24 名是科学家，由德国研究共同体（DFG）、马普学会（MPG）、高校校长会议（HRK）、赫姆霍兹学会（HGF）、弗朗霍夫学会（FhG）以及莱布尼兹学会（WGL）共同提议；另外 8 名社会人士要求拥有良好的社会声誉，由联邦与州政府共同提议。行政委员会由 22 名联邦与州政府的代表组成。对于决策权，16 个州政府代表各拥有 1 票，6 名联邦政府代表共拥有 16 票。WR 的决策必须在全员大会上讨论，全体会议共有 54 人参加，共计 64 票，超过 2/3 视为通过。WR 以委员会与工作小组方式展开工作，由 1 名主席领导，主席任期 1 年，若第二年仍为 WR 成员则可追求连任。WR 的全体会议每年一般召开 4 次❶。

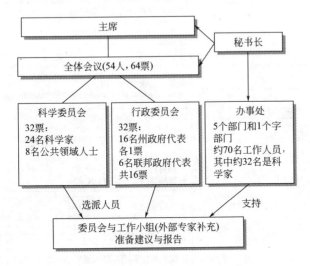

图 2-7　WR 的组织结构、工作与决策方式

（4）德国的宏观科技体制

德国的科技行政机构图如图 2-8 所示。

　　❶ Aufgaben und Organisation des WR：http://www.wissenschaftsrat.de/Aufgaben/aufg＿org.htm.

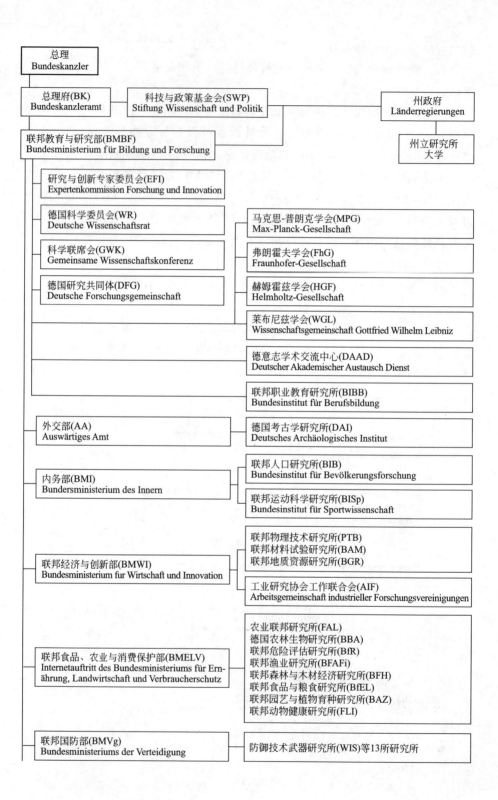

国内外政府宏观科技管理的比较

总理
Bundeskanzler

总理府(BK)
Bundeskanzleramt

科技与政策基金会(SWP)
Stiftung Wissenschaft und Politik

州政府
Länderregierungen

州立研究所
大学

联邦教育与研究部(BMBF)
Bundesministerium für Bildung und Forschung

研究与创新专家委员会(EFI)
Expertenkommission Forschung und Innovation

德国科学委员会(WR)
Deutsche Wissenschaftsrat

马克思-普朗克学会(MPG)
Max-Planck-Gesellschaft

科学联席会(GWK)
Gemeinsame Wissenschaftskonferenz

弗朗霍夫学会(FhG)
Fraunhofer-Gesellschaft

德国研究共同体(DFG)
Deutsche Forschungsgemeinschaft

赫姆霍兹学会(HGF)
Helmholtz-Gesellschaft

莱布尼兹学会(WGL)
Wissenschaftsgemeinschaft Gottfried Wilhelm Leibniz

德意志学术交流中心(DAAD)
Deutscher Akademischer Austausch Dienst

联邦职业教育研究所(BIBB)
Bundesinstitut für Berufsbildung

外交部(AA)
Auswärtiges Amt

德国考古学研究所(DAI)
Deutsches Archäologisches Institut

内务部(BMI)
Bundersministerium des Innern

联邦人口研究所(BIB)
Bundesinstitut für Bevölkerungsforschung

联邦运动科学研究所(BISp)
Bundesinstitut für Sportwissenschaft

联邦经济与创新部(BMWI)
Bundesministerium fur Wirtschaft und Innovation

联邦物理技术研究所(PTB)
联邦材料试验研究所(BAM)
联邦地质资源研究所(BGR)

工业研究协会工作联合会(AIF)
Arbeitsgemeinschaft industrieller Forschungsvereinigungen

联邦食品、农业与消费保护部(BMELV)
Internetauftritt des Bundesministeriums für Ernährung, Landwirtschaft und Verbraucherschutz

农业联邦研究所(FAL)
德国农林生物研究所(BBA)
联邦危险评估研究所(BfR)
联邦渔业研究所(BFAFi)
联邦森林与木材经济研究所(BFH)
联邦食品与粮食研究所(BfEL)
联邦园艺与植物育种研究所(BAZ)
联邦动物健康研究所(FLI)

联邦国防部(BMVg)
Bundesministeriums der Verteidigung

防御技术武器研究所(WIS)等13所研究所

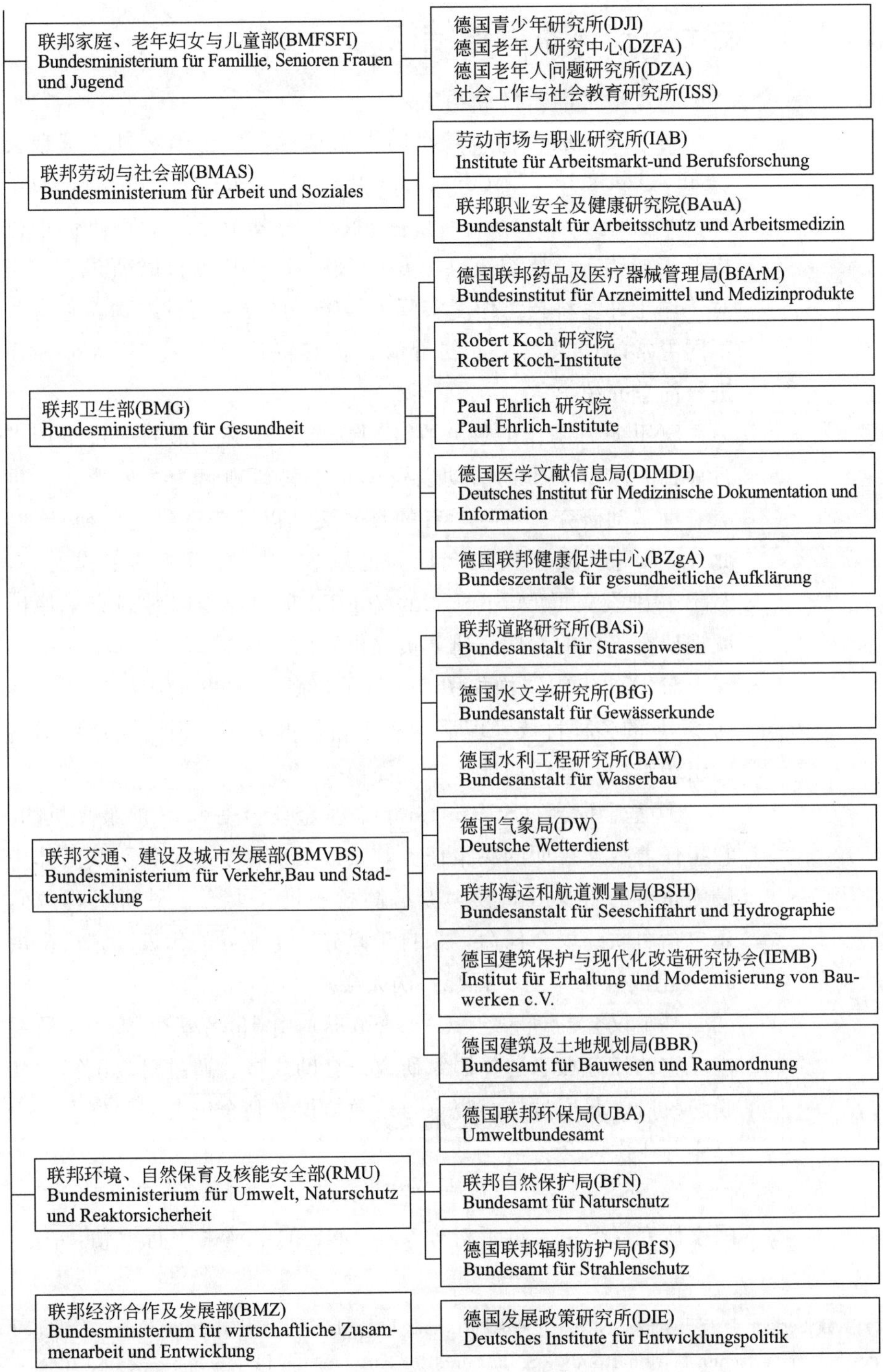

| 联邦家庭、老年妇女与儿童部(BMFSFI)
Bundesministerium für Famillie, Senioren Frauen und Jugend | 德国青少年研究所(DJI)
德国老年人研究中心(DZFA)
德国老年人问题研究所(DZA)
社会工作与社会教育研究所(ISS) |

| 联邦劳动与社会部(BMAS)
Bundesministerium für Arbeit und Soziales | 劳动市场与职业研究所(IAB)
Institute für Arbeitsmarkt-und Berufsforschung |
| | 联邦职业安全及健康研究院(BAuA)
Bundesanstalt für Arbeitsschutz und Arbeitsmedizin |

联邦卫生部(BMG) Bundesministerium für Gesundheit	德国联邦药品及医疗器械管理局(BfArM) Bundesinstitut für Arzneimittel und Medizinprodukte
	Robert Koch 研究院 Robert Koch-Institute
	Paul Ehrlich 研究院 Paul Ehrlich-Institute
	德国医学文献信息局(DIMDI) Deutsches Institut für Medizinische Dokumentation und Information
	德国联邦健康促进中心(BZgA) Bundeszentrale für gesundheitliche Aufklärung

联邦交通、建设及城市发展部(BMVBS) Bundesministerium für Verkehr,Bau und Stadtentwicklung	联邦道路研究所(BASi) Bundesanstalt für Strassenwesen
	德国水文学研究所(BfG) Bundesanstalt für Gewässerkunde
	德国水利工程研究所(BAW) Bundesanstalt für Wasserbau
	德国气象局(DW) Deutsche Wetterdienst
	联邦海运和航道测量局(BSH) Bundesanstalt für Seeschiffahrt und Hydrographie
	德国建筑保护与现代化改造研究协会(IEMB) Institut für Erhaltung und Modemisierung von Bauwerken c.V.
	德国建筑及土地规划局(BBR) Bundesamt für Bauwesen und Raumordnung

联邦环境、自然保育及核能安全部(RMU) Bundesministerium für Umwelt, Naturschutz und Reaktorsicherheit	德国联邦环保局(UBA) Umweltbundesamt
	联邦自然保护局(BfN) Bundesamt für Naturschutz
	德国联邦辐射防护局(BfS) Bundesamt für Strahlenschutz

| 联邦经济合作及发展部(BMZ)
Bundesministerium für wirtschaftliche Zusammenarbeit und Entwicklung | 德国发展政策研究所(DIE)
Deutsches Institute für Entwicklungspolitik |

图 2-8　德国科技行政机构图

2.3.5 瑞士科技体系治理结构

（1）瑞士国家科技基金会

对于瑞士这一相对较小的国家来说，瑞士国家科技基金会（Schweizerische Nationalfunds zur Förderung der wissenschaftlichen Forschung，简称 SNF）是其最重要的科研促进机构。正如瑞士科技委员会（SWTR）对 SNF 评价时所说，SNF 对于瑞士许多科技工作者实际上是唯一的国家资助机构，它有着不同寻常的国家意义上的价值并负有特殊责任❶。下面对 SNF 进行简单介绍。

SNF 日常工作的核心在于对研究者递交上来的项目申请进行评估。SNF 的资助活动以资助单个科研项目为主要形式，重点资助基础研究、青年学者的科研活动以及跨学科的科研计划。此外，促进男女科研机会均等也是 SNF 十分重要的工作之一，SNF 特别设立了 Marie Heim-Vögtlin 项目，专门对因家庭原因耽误研究工作的女性科研人员提供资助。

SNF 的组织结构如图 2-9 所示，由于 SNF 的组织结构体系与 SNF 的各种科技管理活动有很密切的关系，因此在这里对它的组织结构与部门职能作一些简单介绍。

① 基金议会（Stiftungsrat）。基金议会是 SNF 的最高机构，它担任着战略层面的决策任务，其成员来自于瑞士科研共同体中最为重要的组织（高校、专科高校、校长大会、科研机构等），还包括由联邦议会任命，来自于政界、企业界的代表。它最多由 50 人构成，每年至少召开一次大会。

基金议会的理事会（Ausschuss）由 15 名基金议会成员组成。它的任务在于选择国家研究议会的成员、通过财政预算、和联邦政府一起通过核心规章与绩效协议。基金议会的理事会至少每年开 4 次大会。

② SNF 国家研究议会（Nationale Forschungsrat des SNF）。国家研究议会主要负责对递交至 SNF 的申请书进行评估，决定

❶ Bericht des Schweizerischen Wissenschafts-und Technologierates an den Bundesrat. Evaluation des Schweizerischen Nationalfonds（SNF）und der Kommission für Technologie und Innovation（KTI）［R］，2002.

是否给予资助。它由大都在瑞士高校中任职的科学家们组成，最多拥有 100 名成员，分为四个部门，这四个部门评估各自领域内的项目（详见图 2-9）并决定给予资助的数额。

SNF 国家研究议会的主席团（Präsidium）由每个部门代表组成，对研究议会的工作进行监督与协作。此外，它负责起草科学政策建议并递交基金议会、确定促进政策、具体的资助方式与评估方法以及对各个学科资金的分配。

③ SNF 科研委员会（SNF-Forschungskommissionen）。科研委员会设置于各高校，作为各高校与 SNF 的中介机构工作。在对自己所处高校的申请进行评价的过程中，它以来自于地方的观点对这些申请提出意见，这些意见结合了高校自身的基础、学术优先权以及人事政策。

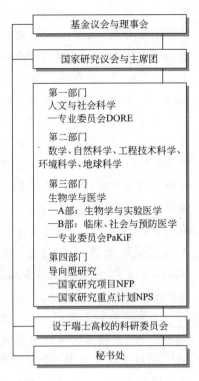

图 2-9　SNF 的组织结构
（资料来源：SNF 官方网站）

④ 秘书处（Geschäftsstelle）。秘书处主要对基金议会、研究议会以及科研委员会的日常工作进行支持与协调，它授权决定进行监督、监控所有资助活动经济方面的执行情况、每年获得并评估来自国内外专家关于研究申请书的意见。

除了为国家研究议会与基金议会提供服务外，秘书处拥有自己的职责领域：它保持与瑞士国内外相关政策研究部门的联系并代表 SNF 与公众进行交流。秘书处隶属于基金议会理事会监管之下，一个直接对基金议会主席负责的审计委员会负责审查秘书处的管理与运行情况。

（2）对中小企业创新的"链式支持"

中小企业是瑞士创新知识体系的重要组成部分，瑞士通过建立创新促进署（Die Förderagentur für Innovation，简称 KTI）

专门促进高校与企业间知识、技术的转化。KTI 的促进活动强化了市场导向的创新过程，提升了高校研究人员实践导向的科研能力并直接改善了高校与产业间的协作，对瑞士的创新体系产生了深远影响❶。这些促进活动主要通过对应用型项目的直接资助以及对创新型企业给予支持这两个途径得以实现。

一是直接资助。KTI 重点资助应用领域的研究项目，它已在过去 60 年内持续这一资助活动，产生了显著的杠杆效应：据测算，KTI 每投资 1 瑞士法郎就能吸引企业 1.4 瑞士法郎的额外投资（数据来源：KTI 官方网站），这也是瑞士创新体系能始终保持活力的原因之一。目前 KTI 的资助重点在于生命科学、工程科学、纳米技术、微系统工程学以及使能科学领域，以保持瑞士在这些领域的前沿地位。此外，KTI 还与 SNF 一起通过"Discovery Projects"项目资助位于基础与应用研究之间的高风险技术项目。

二是对中小企业创新与发展全过程的支持。KTI 主要通过 CTI Start-up 项目以及针对企业家精神培训与训练的 "venture-lab" 项目来实现对中小企业创新发展全过程的"链式支持"。这两个项目之间也存在着密切的协作，资源与专业技术相互补充。

以 1996 年开始实行的 CTI Start-up 项目为例，该项目旨在有针对性地挑选出年轻企业家的以市场为导向的高技术-商业想法并给予资助，使这些想法能够被付诸行动。同时，CTI Start-up 还聘请来自各个领域的专家，根据企业各阶段的实际情况，为这些处在创业期的企业传授实用的知识、给予必要的指导。此外，CTI Start-up 还为这些企业提供必要的平台，新生企业可以在这些平台上以 PPP 模式寻找创业初期的风险投资资助。

KTI 在资助高校与企业合作的项目中，并非对项目进行全额资助，而是承担项目科研人员的工资、项目可行性分析的费用、与国外公司合作时技术转让费用等方面的开支；企业方则承担自身开支并为研发活动提供相应的现金支持，包括创立企业的基础设施、营业执照以及开展研究的必需设备等费用。为了保证这种项目合作能够顺利进行，KTI 对项目的管理非常严格，必

---

❶ 资料来源：KTI 官方网站 http://www. bbt. admin. ch/kti/index. html? lang＝de.

须满足以下条件才可以得到 KTI 的资助❶：①至少有一家公司与一所非营利导向的研究机构直接合作，尤其鼓励多个机构参与的项目；②企业方承担 50％以上的项目成本，以此来保证研究取得的成果可以被有效转化到市场获得利润；③根据"自下而上"原则，项目合作者选择研究主题，由企业合作者来领导项目是理想的方式；④项目必须关注于创新，包括新技术与新知识的应用与转化以及组织创新与原创的管理方法，一般地，提高现有产品边际效益的项目不会被资助；⑤项目评价的标准是：经济与科技上的意义、市场潜力、对可持续发展的贡献、清晰的工作计划、预算计划以及企业参与的现金数字证明；⑥项目必须以里程碑形式对每一阶段的行动目标有清晰的定义，为了控制成本，必需清楚地说明相关技术目前的状态、开通数据库与专利搜索、说明 KTI 提供必要资助与顾问的范围；⑦知识产权合约必须在项目开始前出示，如果必需，还可以包括保密条款；⑧短期与中期项目可实现的项目必须迅速按照"Time to market"迅速进行转化；⑨独立专家通过例行检查来帮助与维护项目内容、时间计划，如果必需，立即着手改变方向，KTI 来承担这部分成本；⑩在项目结束时必须附以结题报告，在报告中必须包含具体的解决方案，它可以是能用于演示的工作模型、样机或者实验设备。

（3）复杂的高等教育体系

瑞士是一个小国，很难像它的邻国德国或法国那样拥有庞大的公共研究机构，在公共研究机构极为有限的情况下，大学承担起了瑞士的基础研究重任。瑞士每年的公共研发投入虽然不高，但高度集中于高等教育部门，约占瑞士公共研发投入的 80％左右，国内资助基础研究最为主要的部门国家科研促进基金（SNF）主要由瑞士大学的教授进行运营与管理，实际在很大程度上也是为瑞士的大学服务。瑞士的高等教育部门每年不仅产出大量高质量的科研成果，还为企业培养和输送了大量科技人力资源，这在公共与私人研究相对分立、政府对企业科研影响极为有限的瑞士是极为重要的。

瑞士是一个联邦国家，其高等教育体系比较复杂。在 1848

❶ Teilnahme an KTI-Projekten：http：//www.bbt.admin.ch/kti/org/00280/index.html? lang＝de.

年改宪成为联邦国家之前，瑞士有的州就已经拥有了自己的高等学校，因此在对大学的管理上，联邦与州各有其职能分工。联邦政府主要负责 ETH-Bereich 联合体的资助与管理。ETH-Bereich 联合体包括苏黎世联邦理工学院、洛桑联邦理工学院这 2 所联邦理工研究院和保罗舍勒研究所、森林，雪和景观研究所、材料测试与开发研究所、废水处理与水体保护研究所这 4 所研究所。各个州负责州立大学的管理，每个州都有自己的教育法案。目前瑞士共有 10 所州立大学，联邦政府根据 1999 年修订的《大学资助法》（Universitätsförderungsgesetz，UFG），以合作伙伴的身份对这些大学进行资助，但并不拥有行政权力。1993 年高等教育改革形成的高等专科学校（FH）也归州政府管理，联邦政府根据《高校资助法》（Hochschulförderungsgesetz，HFG）进行资助。在这个复杂的管理体系中，瑞士大学联席会议（Die Schweizerische Universitätskonferenz，SUK）是国家与州之间的协调机构，主要任务包括对学制、学习内容、奖学金项目的授予等方面的协调、学位、学校承认，以及对教学、研究成果转化等内容的评估等❶。

对于如此复杂的高等教育体系以及它对瑞士公共研究体系无可替代的重要性，瑞士政府目前正在酝酿新的《高校资助与合作法》（das Hochschulförderungs-und Koordinationsgesetz，简称 HFKG），HFKG 重塑了联邦与各州在大学资助与管理中的角色与关系，是未来联邦资助大学和高等专科学校，并与州一起管理瑞士高校联合体，以提升瑞士高等教育和公共研究水平的唯一基本法❷。

（4）瑞士的宏观科技管理体制

瑞士科技行政机构图如图 2-10 所示。

2.3.6　日本科技体系治理结构

日本在第二次世界大战以后的科技战略以引进-模仿-改良为核心，当日本步入发达国家之列，这种战略变得越来越不适应新

---

❶ Kurzportrait der SUK：http：//www. cus. ch/wDeutsch/portrait/index. php.

❷ SBF. Die Vernehmlassung zum Gesetzentwürf. HFKG：http：//www. sbf. admin. ch/htm/themen/uni/hls-vernehmlassung _ de. html.

图 2-10　瑞士科技行政机构图

形势下经济与科技竞争时，战略及相应的科技体系的更新势在必行。1995年，日本政府明确提出"科学技术创造立国"的战略，力争由一个技术追赶型国家转变为一个科技领先国家，并开始对其科技管理机构进行一系列的改革。日本对这些改革有着很高的预期目标：通过重新配置科学资源，优化科技体系的治理结构，提高研发效率，使科技投入更好地服务于社会和产业发展的要求，提升日本在世界科技发展中的作用和地位。

（1）科技管理机构的改革

2001年，日本内阁成立了"综合科学技术会议"（CSTP），取代了1959年成立的"科学技术会议"。作为制定国家科技发展战略、协调政府各省厅之间有关科技项目、关系的主要机构，CSTP由内阁总理大臣担任议长，议员由学术权威担任，一般不超过14人。同年，日本又将原先负责教育与科学的文部省与负责应用研究与发展的科学技术厅合并为文部科学省。根据《文部科学省设置法》，文部科学省的主要任务包括：通过振兴教育和推动终身教育，全面培养具有丰富创造力的人才，振兴学术、体育、文化；全面发展科技；恰当地从事国家有关宗教的行政事务。

经过改革以后的日本科技行政体制依靠综合科学技术会议协调各省厅的科技活动；依靠文部科学省统筹日本教育和科技的发展，被认为有利于提升日本科技政策的主动性和适应性。

（2）公共研究机构与大学的改革

对公共研究与大学的改革是西方国家科技体制改革的共同举措之一，目的在于提升科研部门的创新绩效，增强大学的自治性，营造良好的学术氛围以及更好地培养创造性、开拓性人才。日本彻底反思了其20世纪整个90年代经济一蹶不振的原因，对其公共研究机构与大学进行了最广泛、最深入的改革。

日本的研究机构基本上可分为国立科研机构、产业研究机构和大学研究机构几大类。其中，国立科研机构主要是国家以科技政策为依据来设置，分别隶属于各省厅，经费主要来自于政府预算，对日本科技研发活动有着举足轻重的作用，但也存在着资金和人才分散、科研机构重叠、机构课题重复、研究人员老化等问题。2001年4月起，日本开始对其国立科研机构实行独立法人制度，将56个国立研究院统一改为独立的行政法人机构。改革后的独立法人机构引入了研究者任期制度，明确了专利所有权归属以及专利所得分配制度，扩大了研究人员自由选题的空间，增加了竞争性研究经费，使科研机构的活力得到相当程度的释放。独立法人机构定期制定研究计划并接受文部科学省的评估和考核，但政府部门不再干预具体业务与人事。

继 2003 年完成对国立研究机构等的独立行政法人化改革后，2004 年 4 月起，根据《国立大学法人法》、《独立行政法人国立高等专门学校机构法》、《独立行政法人大学评价·学位授予机构法》等 6 部法律的相关规定，日本的 99 所国立大学经重组成为了 60 个国立大学法人。国立大学法人不仅在预算使用和组织制度方面给大学应有的自由度，确保大学的自主运营，还引进私营部门的经营理念和管理方式，以提高大学运营水平和效率。此外，国立大学法人还通过引入第三方评估、信息公开等机制，强化对大学的评价与监督。国立大学法人的组织结构与特点如图 2-11 所示❶。

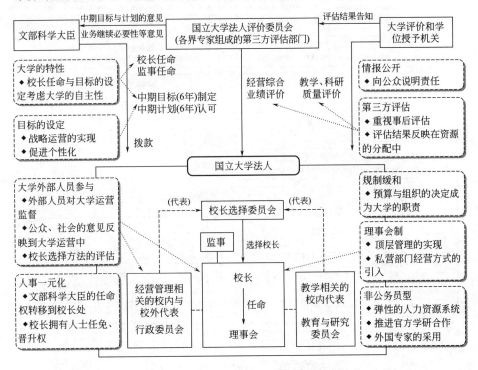

图 2-11　国立大学法人的组织结构与特点

❶ 文部科学省：国立大学法人の仕組みの概要．http://www.mext.go.jp/a_menu/koutou/houjin/houjin.htm．

在对大学进行法人化改革的同时，日本政府对大学共同利用研究机构也进行了相应的改革。原来的 15 个机构共 18 个研究所经过重组成为 4 个研究机构：人间文化研究机构、信息系统研究机构、自然科学研究机构、高速加能器研究机构，于 2004 年 4 月挂牌成立。

（3）日本的宏观科技管理体制

日本的科技行政机构图如图 2-12 所示。

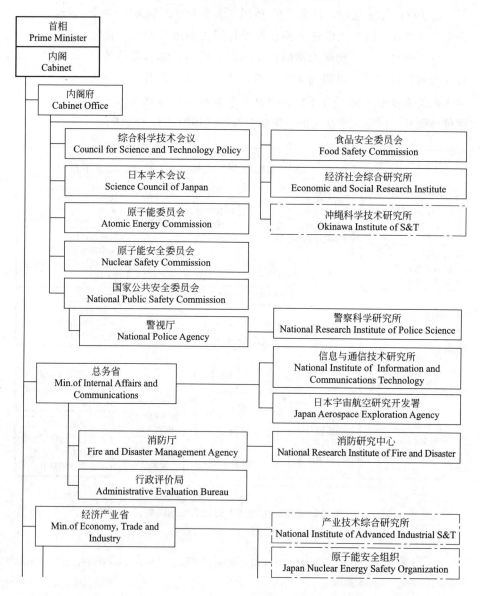

产业结构委员会 Industrial Structure Council	产品技术与评价研究所 National Institute of Technology and Evaluation
资源能源厅 Agency for Natural Resources and Energy	信息技术促进署 Information-Technology Promotion Agency
专利厅 Japan Patent Office	石油天然气金属矿物资源机构 Japan Oil,Gas and Metals National Corporation
中小企业厅 Small and Medium Enterprise	工业产权信息与研修所 National Center for Industrial Property Information and Training
原子能安全保安院 Nuclear and Industrial Safety	新能源与产业技术综合开发机构 New Energy and Industrial Technology Development Organization
	中小企业与区域创新机构 Organization for SMEs and Regional Innovation,Japan
文部科学省 Min.of Education,Culture, Sports,Science and Technology	科学技术●学术审议会 Council for Science and Technology
	宇宙开发委员会 Space Activities Commission
国立教育政策研究所 National Institute for Educational Policy Research	放射委员会 Radiation Council
科学技术政策研究所 National Institute of S&T Policy	日本学士院 Japan Academy
	地震调查研究推进总部 Headquarters of Earthquake Research Promotion
	日本UNESCO国内委员会 Japanese National Commission for UNESCO
国立大学法人 National Universities Corporatiion	附属实验室 Laboratories Attached to Universities
	大学共同利用机关法人 Inter University Research Institutes Corporations

国立科学博物馆 National Science Museum	辐射医学综合研究所 National Institute of Radiological Sciences
国立特殊教育综合研究所 National Institute of Special Education	防灾科学技术研究所 National Research Institute for Eath Science and Disaster Protection
科学技术振兴机构 Japan Science and Technology Agency	海洋研究开发机构 Japan Agency for Marie-Earth Science and Technology
日本学术振兴会 Japan Society for the Promotion of Science	宇宙航空研究开发机构 Japan Aerospace Exploration Agency
理化学研究所 Institute of Physical and Chemical Research	国立青少年教育振兴机构 National Institute for Youth Education
物质材料研究机构 National Institute for Materials Science	日本体育振兴中心 National Agency for the Advancement of Sports and Health
日本原子能研究开发机构 Japan Atomic Energy Agency	

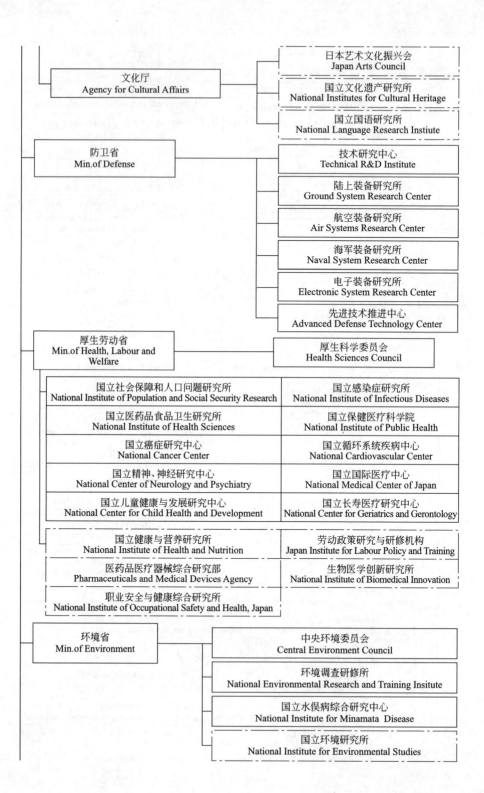

文化厅
Agency for Cultural Affairs

日本艺术文化振兴会
Japan Arts Council

国立文化遗产研究所
National Institutes for Cultural Heritage

国立国语研究所
National Language Research Institute

防卫省
Min.of Defense

技术研究中心
Technical R&D Institute

陆上装备研究所
Ground System Research Center

航空装备研究所
Air Systems Research Center

海军装备研究所
Naval System Research Center

电子装备研究所
Electronic System Research Center

先进技术推进中心
Advanced Defense Technology Center

厚生劳动省
Min.of Health, Labour and Welfare

厚生科学委员会
Health Sciences Council

国立社会保障和人口问题研究所 National Institute of Population and Social Security Research	国立感染症研究所 National Institute of Infectious Diseases
国立医药品食品卫生研究所 National Institute of Health Sciences	国立保健医疗科学院 National Institute of Public Health
国立癌症研究中心 National Cancer Center	国立循环系统疾病中心 National Cardiovascular Center
国立精神、神经研究中心 National Center of Neurology and Psychiatry	国立国际医疗中心 National Medical Center of Japan
国立儿童健康与发展研究中心 National Center for Child Health and Development	国立长寿医疗研究中心 National Center for Geriatrics and Gerontology

国立健康与营养研究所 National Institute of Health and Nutrition	劳动政策研究与研修机构 Japan Institute for Labour Policy and Training
医药品医疗器械综合研究部 Pharmaceuticals and Medical Devices Agency	生物医学创新研究所 National Institute of Biomedical Innovation
职业安全与健康综合研究所 National Institute of Occupational Safety and Health, Japan	

环境省
Min.of Environment

中央环境委员会
Central Environment Council

环境调查研修所
National Environmental Research and Training Insitute

国立水俣病综合研究中心
National Institute for Minamata Disease

国立环境研究所
National Institute for Environmental Studies

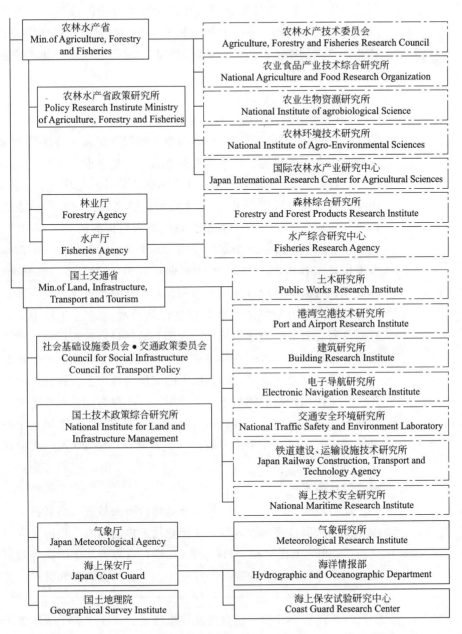

图 2-12 日本科技行政机构图

注：☐---☐表示独立法人机构

2.3.7 中国科技体系治理结构

1985 年 3 月，中国颁布了《中共中央关于科学技术体制改革的规定》，开始逐步对其科技体制进行全方位的改革，改革涉及全国的研究机构、高校及国家相关部委。时至今日，改革尚未停止，并未间断的改革已使中国的科技体系面貌焕然一新，国家创新体系逐步释放出活力。

（1）科研机构转制

1998年底国务院决定对国家经贸委管理的10个国家局所属的242个科研院所进行管理体制改革，通过转制成为科技型企业或科技中介服务机构、进入企业等方式，实现企业化转制。2000年，建设部等11个部委下属134个科研机构转制工作开始实施，同年3月，国务院部门下属29个公益性科研机构的改革试点工作也全面启动。2001年，社会公益性科研机构的改革全面实施，到2004年，国务院20个部门所属265个公益类科研院所的改革方案拟订工作全部完成，2005年前后，国土资源部、水利部、林业局、气象局、地震局、测绘局已基本落实了改革方案，通过了有关部门联合组织的改革阶段性评估验收。2007年对中央级转制科研院所的调查结果显示，大部分转制科研院所已基本建立起企业运行制度。2006年，85％以上的院所建立了企业会计制度和全员劳动合同制度，90％以上的院所进入了企业社会保障体系，在企业化转制的同时进行了改制，以产权多元化和规范法人治理结构为重点加快了现代企业制度建设。截至2007年，中央级转制院所下属企业全面完成公司制改造，并有20多家企业成功上市❶。

（2）高水平大学建设

在不断推进高校改革，鼓励教师和科研人员进入高新技术产业开发区从事科技成果商品化、产业化工作的同时，中国又先后实施了"985工程"和"211工程"，旨在有力推动中国高等教育发展和高等教育质量的提高，打造一批世界一流大学和世界一流学科。"985工程"由1999年国务院批转教育部《面向21世纪振兴行动计划》开始，建设的总体思路是：以建设若干所世界一流大学和一批国际知名的高水平研究型大学为目标，探索建立高等学校新的管理体制和运行机制，抓住机遇，集中资源，突出重点，体现特色，发挥优势，着重提高高等学校的科技创新能力和

---

❶ 科技部．中国科学技术发展报告（2007）．北京：科学技术文献出版社，2009．

国际竞争能力，走有中国特色的建设世界一流大学之路。"985工程"的建设任务主要包括机制创新、队伍建设、平台和基地建设、条件支撑和国际交流与合作五个部分。2004 年国务院批转教育部《2003～2007 年教育振兴行动计划》，决定继续实施"985 工程"，"985 工程"二期建设目标是：巩固一期建设成果，为创建世界一流大学和一批国际知名的高水平研究型大学进一步奠定坚实基础，使一批学科达到或接近国际一流学科水平，经过更长时间努力，建成若干所世界一流大学。

"211 工程"是中国政府在 21 世纪重点建设 100 所左右的高等学校和一批重点学科的建设工程，是由国家发展改革委、教育部、财政部共同组织实施的国家重点建设项目。2002 年，经国务院批准，原国家计委、教育部、财政部发布《关于"十五"期间加强"211 工程"项目建设的若干意见》。"211 工程"纳入国民经济和社会发展第十个五年计划，从 2002 年起实施。"211工程"总体建设目标是：通过重点建设，使 100 所左右的高等学校以及一批重点学科在教育质量、科学研究、管理水平和办学效益等方面有较大提高，在高等教育改革特别是管理体制改革方面有明显进展，成为培养高层次人才、解决国家或区域经济建设和社会发展重大问题的基地。其中，一部分重点高等学校和一部分重点学科，接近或达到国际同类学校和学科的先进水平，大部分学校的办学条件得到明显改善，在人才培养、科学研究上取得较大成绩，适应地区和行业发展，总体处于国内先进水平、起到骨干和示范作用。目前"211 工程"三期已经部署实施❶。

（3）国务院机构改革

根据 2008 年《第十一届全国人民代表大会第一次会议关于国务院机构改革方案的决定》，中国组建了工业和信息化部（简称工信部），原先负责监管与国防相关研发活动以及商业技术的军事应用职能的国防科学技术工业委员会除核电管理以外的职责、信息产业部和国务院信息化工作办公室的职责，整合划入该

---

❶ 教育部："211 工程"、"985 工程"及研究生教育培养机制改革有关情况．资料来源：http：//www. moe. gov. cn/edoas/website18/level3. jsp？ tablename＝1222139707228251 & infoid＝1223513711350102.

部。组建国家国防科技工业局，作为由工信部管理的国家局。同时，不再保留国防科工委、信息产业部和国务院信息化工作办公室。组建工信部、撤销国防科工委的主要目的是为了推进信息化与工业化的融合，推进高新技术与传统工业改造结合，进一步加快部分军工企业的市场化步伐，改善军工企业的融资渠道，促进军民结合科研生产体系的发展。

（4）中国的宏观科技管理体系

中国的科技行政机构图如图 2-13 所示。

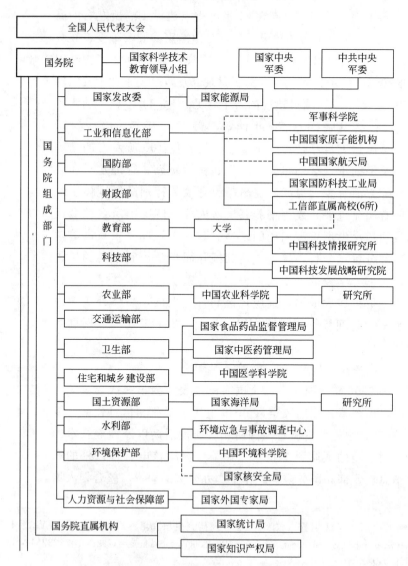

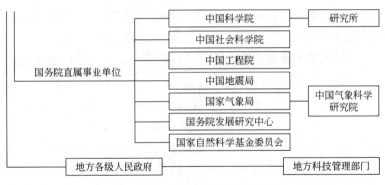

图 2-13 中国科技行政机构图

2.4 结论

各国科技体系的治理结构有着很大的差异，但通过上文对主要国家科技治理体系、关联机构设置的比较研究以及对近期主要国家科技体系调整与更新的梳理，还是可以发现一些共同的趋势，这些趋势是基于对科技新发展的适应以及消除其既有科技体系中的弊端所采取的改革措施。主要趋势如下。

（1）提高科技决策管理层次

科技活动正日益体现出全局性、参与和投入的多元化等特征，为了把握住新科技革命的机遇，在国际竞争中获得先机，各国在对其科技体系更新的过程中普遍成立了由国家最高领导或政府首脑挂帅的科技领导组织体系，科技管理与决策机构的地位在不断提高。即使是美国这样的科技体系分散型国家，也于 1994年初成立了国家科学技术委员会（NSTC），它与国家安全委员会、国家经济委员会并列，同属国家最高决策机构，主席和副主席由总统和副总统兼任，负责科技政策的制定和科技规划的研究与开发工作。其他国家，如俄罗斯、日本、法国、韩国等国也先后成立了由国家最高领导挂帅的科技领导机构，提高决策层次。

（2）强化不同政府部门间的协调机制

许多国家在科技治理结构改革中都强调协调不同政府部门关系正式政府组织与机构的设立。法国和日本在科技体系改革中于总统府（内阁府）层面设置了中央科技政策的协调机构，协调各相关部门的科研管理职能并实施宏观监督；中国的做法是设置国家科学技术教育领导小组。韩国 2006 年完善了新型创新科技管理体制，建立起了统一、跨部门协调机制，2007 年第二次科学技术基本计划中计划联合各部门研究设备设施，设立国家研究设施设备振兴中心。英国与爱尔兰则更加重视发挥首席科学顾问的作用，爱尔兰于 2004 年设置了首席科学顾问并成立负责科技创新事务的内阁委员会，负责跨部门科技政策的协调；2005 年成立了科学顾问理事会，在作为科技政策执行机构的各部门与决策机构之间发挥重要的中介作用❶。2007 年英国政府首次设立了政府高级创新顾问职位，从创新角度向当时的创新、大学与技能部和商业、企业与规制改革事务部提出建议，评估富有创新机会的新领域，并寻找英国当前国家创新政策与战略的不足。

（3）强调教育科技一体化的组织体制

科研与教育本来就有紧密的内在联系，一些国家，如德国、瑞士，其科技与教育一直属于同一部门管理。在此基础上，这些国家还在不断改善联邦与州之间的关系，以进一步提升本国科研与教育的竞争力。德国联邦政府与巴登-符腾堡州于 2009 年 7 月 30 日正式签订卡尔斯鲁厄研究中心与卡尔斯鲁厄大学合并为卡尔斯鲁厄技术研究院（Karlsruher Institut für Technologie，简称 KIT）的管理协议。作为一个法人机构，KIT 不仅是一所州大学，还是隶属于赫姆霍兹学会（HGF）的大型科研机构，担负着科研与培养人才的双重任务❷。这是德国第一次将由联邦资助的研究中心与州大学合并，为科研机构与大学的进一步联合创造了结构上的基础。瑞士则对新《高校资助与合作法》（HFKG）充满希望。

在各国普遍重视科研与教育发展的基础上，近期一些国家又建立或重新建立起了教育科技一体化的组织体制。法国于 1993 年将原来的教育部与研究部合并在一起，建立了教育、研究和技术部，主管国家的科技与教育事业。韩国于 2008 年将教育人力资源部与科学技术部合并，成立了新的教育科学技术部，帮助促进韩国教育与科技整体国家竞争力的提升❸。2007 年俄罗斯总统

---

❶ Office of the Chief Scientific Adviser to the Government of Ireland：http://www.chief-scientificadviser.ie/.

❷ BMBF. Das Karlsruher Institut für Technologie：http://www.bmbf.de/de/12194.php.

❸ http://english.mest.go.kr/main.jsp? idx=0101010101.

普京签署了联邦《教育法》、《高等教育和大学后职业教育法》、《科学和国家科学技术政策法》3部法律中有关教育与科学一体化内容的相关修正案。该修正法案批准以协会或联盟的形式成立科研机构与大学的联合体，在高等院校教研室的基础上成立可以开展科研活动的科技组织，或者在科技组织实验室的基础上成立可以实施教育过程的高等院校。在所有权与经营管理方面，科研机构将有权利为教育机构提供其动产与不动产。英国早在1964年就成立了教育与科学部，教育与科学被英国人认为是保持其经济、政治实力的基础。1992年，教育与科学部被更名为教育部（后改名教育与技能部），政府科技发展的职能则被归入贸工部。15年后，隶属于教育与技能部的高等教育管理功能与隶属于贸工部的科技创新管理功能再次整合到了一起，结合成了创新、大学与技能部（DIUS）。虽然在两年后的政府体制改革中，DIUS被并入商务、创新和技能部中，但科技创新与高等教育的发展与管理仍是这个新部门管理的最重要职责之一。

（4）强化对大学与公共科研机构的改革

当今社会，公共科研管理面临着要满足各方要求、要迅速抓住新出现的机遇、要确保研发事业可持续发展等诸多新挑战，因此对大学与公共研究部门的改革，得到了众多国家的支持。

在大学改革方面，除了日本、法国、中国对其大学与公共研究机构进行的改革外，奥地利也通过立法调整，改变了国立大学的人员雇佣关系，由政府雇用转变为大学雇佣；挪威的公立大学虽然保持着政府雇佣关系，但大大提高了人员任命以及工资制度方面的弹性；在瑞典，教职员工可以就薪水和教学量等问题与任用机构磋商；在芬兰，教授可以根据自己研究人员培训中的责任得到额外的津贴；德国的大学也正逐步推行绩效薪酬制度；丹麦于2003年通过了新的大学法案，赋予所有大学独立的公共基础。

提高科研机构的灵活性也是各国的普遍做法，基本目标是给有关机构更多自由，使其能抓住各种新的机会，克服固定性资助的限制和不足，并强化对科研机构的绩效管理。增强科研机构灵活性可以通过许多方式来达到，一种是类似日本的研究部门法人化，将政府的事前干预与控制转变为事后评估，保证灵活、有效、透明的管理；第二种是改变资助模式，由传统的制度性定额拨款转向竞争性项目资助。德国赫姆霍兹学会（HGF）以项目导向资助（Programmorientierte Förderung）构建新的科研战略体系。HGF 不再资助单个科研机构，而是以其研究领域中战略性、高质量的重大科技项目为导向，将有限的资源集中起来对这些项目进行资助，以此整合成员机构间的科研活动，所有这些科技活动由 HGF 下属成员机构组成跨院所研究团队来完成。这种做法既可以在科学家、科研机构间引入了竞争机制，有利于提高 HGF 的科学研究绩效、提高项目质量，还可以促使科研结构向网络化的变革，更有利于灵活、快速地对重大科技问题做出反应并加以资助、更好地研究跨学科问题、更快达到研究的战略目标[1]。例如，在 2004 年 12 月 26 日印度洋海啸发生后两周之内，HGF 下属的德国航空航天中心（DLR）、Alfred-Wegener 极地与海洋研究中心（AWI）、GKSS 研究中心（GKSS）及其他一些 HGF 合作机构便开始组建项目团队进行预警系统研究，其"德国印度洋海啸预警系统项目"于 2005 年 1 月 13 日便获得了450 万欧元的科研经费[2]。第三种是加强对科研机构的评估，以提升科研机构的科研质量与经费使用效率。对研究机构绩效评估标准的改变也带来了研究机构运行方式的相应改变，将研究计划集中于国家优先领域，更紧密地与产业发展相结合，瑞士甚至改变了传统的科研院所研究计划制订方式，通过设置国家研究重点计划（Nationale Forschungsschwerpunkte，简称 NFS），改善本国的科研结构。NFS 改变科研机构传统上单纯由研究项目组合为研究计划的制定方法，围绕瑞士确定的重点研究领域，鼓励研究团队在自身科研中心的基础上在整个瑞士范围内与其他团队合作，这样科研中心内外构成了一个国家层面的联络网络，该科研中心就是该领域的网络枢纽。一个科研中心可能只负责某一NFS 的研究工作，但相关的项目有可能由十几个实验室共同合作进行[3]。

---

[1] Helmholtz-Geschäftsstelle. Helmholtz Association 2005：Programmes-Facts-Figures. Bonn，2005.

[2] Die Strategie der Helmholtz-Gemeinschaft：Spitzenforschung für Gesellschaft，Wissenschaft und Wirtschaft. Berlin，2007.

[3] Schweizerische Nationalfunds zur Förderung der wissenschaftlischen Forschung. National Centres of Competence in Research. 2001.

（5）强化科研中间机构的作用

作为政府科技管理职能的延伸，中间机构的作用正逐步强化。中间机构一般独立于政府部门，又通常从一个或多个政府相关部门获得预算，比较典型的中间机构形态包括德国的研究学会、英国的研究委员会等，澳大利亚、捷克、丹麦、荷兰、挪威、瑞典以及美国等国家都设有此类机构。这类科研中间机构不仅可以强化国家的基础研究工作，还较适合用来完成对跨学科项目与竞争性项目的资助。在英国，英国研究委员会负责分配80％的政府科研预算资金，在支持科学发现和研究基地方面已发挥了巨大的作用。丹麦的科研资金分配也主要依靠其5个研究委员会来进行。韩国出台了《2025年构想》，并增设了5个研究理事会，由它们负责资助大部分政府科研机构。

通过对各国科技体系治理结构及其变革的比较，可以发现，中国的科技体系和科技行政关联机构设置就显得比较尴尬，主要体现在"三个缺乏"上。

第一，缺乏科技管理的顶层领导体系。1998年政府机构改革以来，科技部从国家科技综合管理部门变成专业部门，虽然在名义上是中国宏观科技管理主管部门，但在实际运行过程中，科技宏观管理的职能却分散在发改委、财政部、工信部、教育部、科学院、中国科协、自然基金委等多个政府部门，涉及部门机构多达20多个，这些部门在科技发展过程中很容易各自为政，根据自身需要出台相应的科技政策，争夺有限的科技资源，在客观上造成了中国科技政策体系政出多门，不利于科技政策的实施和科技资源的有效配置。

第二，缺乏类似于德国和瑞士的中央-地方协调部门。这容易造成国家的宏观科技发展战略很难渗入地方科技发展的举措中，影响国家宏观科技发展战略的实现。在中央和地方财政实行"分灶吃饭"的情况下，还很容易造成中央和地方、各地方之间的重复投入、重复研究的弊端，造成巨大的浪费，国家很难举全国科研之力在关键领域取得突破。

第三，缺乏完善的科技决策咨询机构体系。要从根本上杜绝决策制定的"拍脑袋"现象，提升科技决策的质量，必须依靠科学的政策分析、依靠完善的科技政策咨询体系所提供的坚实支撑。相对于西方国家较为完善的政府内外科技决策咨询体系，中国科技情报研究所和中国科技发展战略研究院一直以来是中国主要的科技政策支援机关，除此之外，科技政策咨询机构并不多见，尤其是设于政府、外部形态多样的科技行政关联机构，无论是市场体系下第三方科技政策提议部门，还是设置于高校的科技政策研究机构，都有待进一步发展。

对此，结合主要国家科技体系治理结构变革的趋势，在这里对中国科技体系的更新进行如下建议。

（1）完善国家科技管理顶层领导体系

中国的科技体系的"三个缺乏"问题中，最为重要的就是缺乏调控得力的科技管理顶层领导体系。建议在借鉴其他国家科技改革经验并充分考虑中央与地方、军民两大关系的基础上，设立国家科技宏观领导部门，主管国家科技发展规划和计划、落实国家的重大科技发展方针、制定各类创新政策、统筹全国科技预算，全面协调国家的科技与创新工作。在这里建议两种可选择的方式，一种方式是强化国家科教领导小组的职能，使之担负起这一职责；另一种方式是借鉴法国、日本等科技体制调整的经验，设置国家科学技术委员会，在国家科教领导小组的领导之下，对国家的各种科技与创新活动进行宏观监督协调与综合管理。

（2）加快科技关联机构的发展

在复杂多变的国内外环境下，科技政策制定的复杂性与难度日益增加，各国日益重视科技决策的咨询作用，通过建立相应的机构或设置类似的职位，强化科研决策咨询的地位和作用。主要科技发达国家普遍设置了较为完善的科技关联机构，不仅确保各方信息，包括民间信息能及时、准确地汇总到决策制定者手中；还可以通过卓有见地的政策分析与咨询建议，为政策制定提供必要的参考与建议。此外，独立的劝告机关还能够对科技政策的制定与国家科技发展活动提供监督与评价。目前，中国相比科技发达国家，还缺乏较为完善的科技决策咨询机构体系，尤其是来自政府机构外部的谏言机构、独立的劝告机构还非常有限，这也就很难确保科技决策制定的科学性、缜密性与妥当性。对于志在走创新型国家发展道路的中国来说，加快建立形态多样的科技关联机构，完善中国的科技行政关联机构体系，为中国科技政策的制定提供足够的支持，具有非常重要、紧迫的意义。

（3）加强科研机构与高校的联系

科技与教育本来就有很强的内在联系，高校与科研机构是教育与科研结合最紧密的地方。在各国普遍强调加强高校与科研机构联系的环境下，为高校内部具备科研潜质的未来科学家们提供接触科研机构一流设备的机会，让他们接受专业科研氛围的熏陶更加有助于他们的成长，从国家角度来看也更有利于年轻科学家的培养。国外已经有许多一流的科研机构向高校开放他们的资源，给予在校学生更多在一流科研环境中工作的机会。德国赫姆霍兹学会（HGF）实施了赫姆霍兹-大学合作计划，给博士生进入 HGF 工作的机会，并对其进行全面跨学科训练，提升他们的竞争力❶。对于中国的科研院所来说，打破高校与科研院所之间的藩篱，将培养青年科学家的工作融入其职责范围和绩效评价内容中，给青年科学家更多锻炼与提升的机会，对于中国创新性人才培养具有重要的现实意义。

（4）进一步推进高校与科研机构改革

高校与公共科研机构的改革是各国科技体系改革的普遍做法，对于中国来说，继续推进高校与科研机构的改革工作，释放科研机构与高校的创新能力、增强创新性人才的积累，既是中国科技体系改革的重要内容，也是中国建设创新型国家最为重要的举措之一。在科研机构的改革已经向纵深推进的同时，应该进一步加快推进高校改革的步伐。在高校治学理念上，必须逐步改善目前高校行政氛围过于浓厚的环境，增强高校发展的自主性，营造更为宽松的学术氛围，使高校真正成为创新型、开拓型人才的摇篮，而非游离于国家科技发展进程之外的学位或证书授予机构；在高校发展重点上，联合国千年计划的一份报告中曾指出，职业和工艺院校在发展中国家非常重要，技术专家、技师是中小企业成功的基石，许多国家在工程师需求已经得到满足时，还错误地继续培养更多的工程专业毕业生，而非技术专家和技师，造成了经费和人力资源的浪费，因此，在大学改革过程中，必须同时把握好高校发展的重点。

---

❶ TALENTE FÜR DIE ZUKUNFT. GESCHÄFTSBERICHT 2007 DER HELM-HOLTZ-GEMEINSCHAFT DEUTSCHER FORSCHUNGSZENTREN. HELMHOLTZ-GE-MEINSCHAFT，2007.

第 2 章 主要国家科技治理结构的比较研究

 # 第3章 主要国家科技发展战略的比较研究

战略（strategy）一词源于希腊语"stratos"，意指军队，18世纪法国人梅齐乐（Maizeroy）在其所著《战争理论》一书中首次用到"战略"这个词，并把它定义为"作战的指导"。对于"战略"一词的确切含义，《现代汉语词典》（1994年版）将"战略"解释为：①指导战争全局的计划和策略；②有关战争全局的，如战略防御；③比喻决定全局的策略。德国军事理论家和历史学家克劳塞维茨在他著名的《战争论》中区分了"战略"和"战术"："战术"是为个别战斗（battle）进行的作战，"战略"则是为包括所有战斗的战争（war）进行的统一作战。战略的内容不仅包括需达成的目的，如使命（mission）、目标（goal / object / target）等，还包括达成目的的手段。可见"战略"不仅包括理念性目标和愿望，还包括为确保达到目的所制定的计划，可以进行具体化操作。

长期以来，"战略"一词一直紧密地与战争联系在一起，随着战争内涵的不断深化和形式的逐渐变化，"战略"的内涵也不断拓展，已上升成为事关国家发展全局的策略。随着知识经济时代的到来，国家科技战略作为国家战略的重要组成部分，正受到各国越来越大的重视，许多国家改变了长期对科技发展不干预的政策，纷纷通过科技战略加强对科技活动的宏观管理。国家科技战略是国家在对国内外科技发展形势进行深入分析后，结合国家自身特点制定的全局性策略，它可以明确国家科技发展目标和各项科技政策的指向，并对国家各种科技活动起指导作用。因此，各国科技战略的比较对于把握国家科技发展的动向、预知这些国家科技发展的趋势具有十分重要的意义。鉴于科技资源的稀缺性，优先领域设置成为了国家科技战略的重要内容也备受关注。本章主要对主要国家的科技战略以及优先领域设置展开比较研究，以更好把握住主要国家科技发展的动向，为中国科技发展提供参考。

3.1　主要国家的科技发展战略

在科技体系较为分散的国家，科技发展与管理的职能分散于政府的各个职能部门中，因此国家层次的科技发展战略体现得并不十分明显，国家对科技发展的控制主要通过每年分配给各职能部门的科技预算来进行。在集中制国家，统一的科技发展战略则发挥着非常重要的作用，比较典型的如中国、日本、韩国、印度等。在这里，主要对美国、日本和韩国的科技战略进行纵向比较。

（1）美国：全面提升国际竞争力

美国是世界上科学技术最为发达的国家，由于其科技体系的分散，并未向集中制国家那样出台整体性的科技发展战略，但其科技发展围绕着全面领先战略目标而进行。1993 年，美国科学、工程与公共政策委员会（COSEPUP）向政府递交了《科学技术和联邦政府：新时代的国家目标》（Science，Technology and the Federal Government：National Goals for a New Era）报告，建议联邦政府继续大力资助与支持科学研究，并建议美国"在所有研究领域保持世界领先位置，并在主要科技领域维持清晰的竞争优势"。同年，克林顿政府就发布了《科学与国家利益》报告，该报告是冷战后白宫发布的第一份国家科技政策评论，也是自 1979 年以来第一份关于科学政策的正式总统报告。该报告认为在过去的 50 年里，技术是为美国带来高附加值和可持续发展的唯一的最重要因素，并提出美国应当在"所有科学技术领域保持领先地位"。1997 年，克林顿第二次当选后就提出了"面向 21 世纪的科技发展战略"，强调必须确保美国在 21 世纪高新技术发展中保持世界领先地位。

进入 21 世纪后，发展中国家的高速发展与日益激烈的国际科技竞争促使美国的科技战略进一步聚焦于全面提升美国科技的国际竞争力，以继续保持在科技领域的"全面领先"地位。2004 年美国竞争力委员会发布的《创新美国：于充满挑战与变革的世界中繁荣》（Innovate America：Thriving in a World of Challenge and Change，亦称 Palmisano 报告）和 2005 年美国国家科学院发布的《站在正在聚集的风暴之上》（Rising Above the Gathering Storm，亦称 Augustine 报告）是两个重要标志，在此基础上，美国总统布什在 2006 年 1 月的《国情咨文》（Presidential State of the Union Address）中宣布实施"美国竞争力计划"（American Competitiveness Initiative），上述两份报告和美国竞争力计划增强美国科技竞争力的主要举措如表 3-1 所示。

表 3-1　美国增强科技竞争力的建议和举措

项　目	Palmisano 报告	Augustine 报告	美国竞争力计划
颁布机构	美国竞争力委员会	美国国家科学院	白宫
颁布时间	2004 年 12 月	2005 年 10 月	2006 年 1 月
培养创新人才	● 建立国家创新教育战略； ● 促进下一代美国创新人才的培养； ● 增加研究人员以在经济全球化过程中获得成功	● 每年新增 1 万名数理科学教师； ● 通过夏季培训增强 25 万教师的技能； ● 增加学位生数量	● 在中小学增强数理科学教育； ● 强化劳动力培训项目； ● 全面改革移民体制以吸引更多国外优秀人才
增加研发投资	● 推进前沿和跨领域研究； ● 增强创业经济； ● 加强风险投资和长期投资	● 每年为长期基础研究增加 10% 的资助； ● 为处于事业起步期的研究者提供研究津贴； ● 建立高级科研设施的国家协调办公室； ● 建立"总统创新奖"	● 在今后 10 年之内将从事物理科学与工程研究的国家科学基金会（NSF）、能源部科学办公室（DOE/SC）和国家标准与技术研究院（NIST）的研发经费增加一倍
基础设施建设	● 建立国家统一的创新增长战略； ● 建立 21 世纪的知识产权制度； ● 加强美国制造业能力； ● 建立 21 世纪的创新基础设施——医疗保健试验台	● 增强专利系统以支持正到来的知识经济时代； ● 制定更强有力的研发税收优惠政策； ● 为美国国家创新制定特别税收条款； ● 普及宽带因特网	● 增强创新环境； ● 研发税收优惠； ● 建立有效的知识产权保护体系

　　在上述举措的基础上，美国于 2007 年 8 月颁布了《美国竞争法》（the America COMPETES Act）❶，该法可以看作是美国

---

❶ 事实上，该法的名称应为《为有意义地促进一流的技术、教育与科学创造机会法》（America Creating Opportunities to Meaningfully Promote Excellence in Technology，Education，and Science Act），其缩写在英语中恰好为"竞争"一词，所以又称作《美国竞争法》。

竞争力计划的"备份"，不仅包含了美国竞争力计划中的增加NSF等部门研究预算的相关条文，还加入了其他促进公众对数理科学教育的支持、促进服务科学发展、鼓励高风险研究、鼓励年轻和女性科学家与工程师等方面的条款。它以法律的形式"确保美国通过改善数理科学教育和强化科研，保持国家竞争力水平"，被外界誉为美国未来科技教育发展的"路线图"。

（2）日本：科学技术创造立国

日本是世界上第二大经济体，但近年来伴随着日本经济的长期疲软，正逐渐失去国际竞争力。国际管理开发学院（IMD）的国家竞争力评价显示，日本2009年度的国家竞争力排名仅位列第17位，虽然比2008年的第22位有所上升，但早已失去了当年名列榜首时的光彩。日本国内在深入分析后，认为第二次世界大战以后所形成的以引进-模仿-改良为核心的科技战略已不适应于新形势下的经济与科技竞争是国家经济活力下降的重要原因之一。在认识到科技在国际竞争中的决定性意义后，1995年，日本政府制定了《科学技术基本法》，并明确提出了"科学技术创造立国"的战略，力争由一个技术追赶型国家转变为一个科技领先型国家。对于"科学技术创造立国"的含义，日本"第二期科学技术基本计划"进行了较好的阐释。该计划提出，日本科技创新的战略目标是使日本成为一个"在创造和使用知识上对世界有贡献的国家"（Creation of wisdom）；一个"具有国际竞争力，且拥有可持续发展能力的国家"（Vitality from wisdom）和一个"安心、安全、拥有优越生活质量的国家"（Sophisticated society by wisdom）。日本还在"科学技术立国"战略下制定了"创新25"（Innovation 25）长期战略，该战略将目光瞄准2025年，在医学、工程学、信息技术等领域力争实现通过创新带动经济增长。日本的科技战略主要通过"科技基本计划"来加以实现，在这里对第二期与第三期"科学技术基本计划"的内容进行比较（如表3-2所示）。

（3）韩国：国际争先战略

二战以后，韩国通过实施"科技立国"战略，逐渐从一个贫穷小国发展成为新兴工业化国家，这使这个国家充分认识到了科技创新的重要性。韩国的科技发展战略与日本相似，因此同样面临着以引进-模仿-改良为核心的科技战略和经济与科技竞争新形

表 3-2　日本第二期和第三期科学技术基本计划的比较

项　目		第二期科学技术基本计划 （2001～2005）	第三期科学技术基本计划 （2006～2010）
基本理念	主要目标	• 创造和使用知识上对世界有贡献的国家； • 具有国际竞争力，且拥有可持续发展能力的国家； • 安心、安全、拥有优越生活质量的国家	• 发现与创造重要的知识； • 突破科学的界限； • 环境保护和经济发展； • 充满创新的日本； • 一生都充满活力的生活； • 以安全为豪的国家
	政府科研经费投入	• 5 年共投入 24 万亿日元的科研经费； • 根据财政情况、科研体系改革进展和其他情况的年度预算； • 通过对 R&D 投资的重点化、效率化和透明化提升研究质量	• 5 年共投入 25 万亿日元的科研经费
重要政策	科技战略的重点设置	• 促进基础研究：通过公正、透明的科技评估活动提升研究质量； • 和国家/社会目标相对应的重点领域：生命科学、信息通信、环境、纳米科学与材料； • 以预见和机动性支持急速发展领域	• 促进基础研究； • 优先领域：生命科学、信息通信、环境科学、纳米科学与材料、能源、制造技术、基础设施、前沿科学
	科技活动的国际化	• 国际合作活动； • 增强对国际信息的宣传； • 国内科研环境国际化	• 系统推进国际合作活动； • 与亚洲国家合作； • 改善促进国际合作活动的环境，促进海外优秀研究人才的接受
	科技体系改革	• 研发体系改革： 竞争性资金增加一倍，增加 30% 的间接经费； 通过实行任用期（通常 3～5 年）提高科技人力资源的流动性； 鼓励自我实现的年轻科研人员（为他们提供特殊资金，提供助教开展独立研究的环境）； 改革科技评估体系，确保评估的公正与透明，并将评估结果反映在对科技资源的分配上。 • 强化产业技术，改革产学研合作体系； • 地区科技促进：建立"知识集群"； • 科技人力资源发展和教育改革：研究者和工程师的培养以及大学改革； • 促进科技的学习，构建社会接触科学的渠道； • 科技伦理与社会责任：生命伦理、研究者与工程师的伦理、责任与危机管理； • 科研基础设施：改善一流大学的研究设备	• 发展、确保、激活人力资源： 创造人尽其用的环境； 增强大学人力资源培养的功能； 培养符合社会所需的人力资源； 为下一代的科研活动扩大人力资源范围。 • 科技发展与持续创新： 发展竞争性环境； 提升大学竞争力； 增强制造创新体系； 建立地区创新体系和虚拟地区； 有效、高效地促进研发； 消除体制、操作上的创新阻碍，并将结果向社会传播。 • 强化创新基础： 促进优秀人力资源，强化支持他们活动的研发与教育基地； 促进大型公共研究设备的共享； 强化知识基础设施； 创造、使用、保护知识产权； 促进公共研究部门的研发； 改进研发信息基础设施，促进学术团体的活动

资料来源：根据日本第二、第三期科学技术基本计划整理。

势不匹配的问题。1997 年，韩国颁布了《科学技术创新特别法》和《科学技术创新五年规划》，强调科技研究模式从模仿追赶型向自主创新型转变。2000 年，韩国颁布了长期科学发展规划《韩国 2025 年构想》，明确到 2025 年，韩国科技竞争力世界排名要上升 10 位，成为亚太地区的主要科研中心，2025 年韩国的世界排名要达到世界第 7 位，并在部分科技领域占据世界主导地位。2008 年 2 月 25 日李明博上台执政后继续强化韩国的科技战略，继 2008 年 2 月对韩国科技管理部门进行调整之后，李明博政府又对 2007 年末卢武铉政府制订的《第二期科学技术基本计划（2008～2012）》进行了大幅修订。2008 年 8 月，韩国政府正式对外发布了《面向先进一流国家的李明博政府科技基本计划（2008～2012 年）》，该计划明确了李明博政府未来五年内的研发经费预算、重点发展领域和所要实现的目标，其中较为瞩目的是"577 战略"，即到 2012 年将韩国科研经费投入占 GDP 的比率提高到 5%，通过集中培育 7 大技术研发领域和实施 7 大系统改革，使韩国到 2012 年跻身世界 7 大科技强国之列。这两个计划内容的比较如表 3-3 所示。根据新计划，韩国 2012 年科技发展的目标如表 3-4 所示。

表 3-3　新旧韩国《第二期科学技术基本计划》的内容比较

	第二期科学技术基本计划（2008～2012 年），卢武铉政府制定	面向先进一流国家的李明博政府科技基本计划（2008～2012 年）
愿景	超一流的科学技术，富裕的大韩民国	先进一流的国家：善良的国民，温暖的社会，强大的国家
R&D 投资	2012 年科研经费投入占 GDP 比重达到 3.5%（2006 年该比例为 3.23%）	2012 年科研经费投入占 GDP 比重达到 5%；2008 年政府科研经费投入 16.2 万亿韩元；5 年研发预算总额 66.5 万亿韩元（计划初定）
重点领域	8 大重点技术领域共 100 项重点战略技术，包括：信息技术、生物技术、纳米技术、空间技术、环境技术、文化技术、制造技术和国防技术	7 大技术领域的 50 项重点技术，40 项候补重点技术，包括：重要支柱产业技术；新产业创造；知识基础服务；国家主导技术；特定领域研发；解决全球性课题；基础和融合技术
研究体系	重视基础研究；产业界技术更新；社会需要的科学技术：食品健康、水资源、全球变暖等全球性问题的解决	7 大体系改革。包括：国际级科技人才的培养和使用；重视基础研究；中小企业风险投资技术革新；科技国际化和国际合作；区域创新体系建设：国际科学商业带（business belt）；科技基础设施：确保生物资源；科技文化普及

表 3-4　面向先进一流国家的李明博政府科技基本计划（2008～2012 年）的目标

指　标		2006 年	2012 年目标值
投资	科研经费投入占 GDP 比率	3.23%	5.0%
	政府科研经费投入（亿韩元）	108423(2008 年)	162635
	政府科研经费中基础研究比重	25.6%(2008 年)	50%
	公共研发机构中企业科研经费比例	2.3%	5.0%
	企业投资服务业的比率	7.10%	10.0%
人才	研究人员中博士比例	23.4%	30.0%
	千人研发人员数	0.083	0.1
专利	国际专利申请量（PCT 申请基准）	7059(2007 年)	10000
	三国专利（美国、欧盟、日本同时注册）（千人研发人员数）	0.176(2005 年)	0.22
论文	SCI 录用数	23286	35000
	SCI 论文被引用率	3.22%	4.50%
技术贸易	技术贸易收支比率	0.39%	0.70%
技术转移	公共研究机构技术向民间转移比率	27.4%(2007 年)	30%
竞争力	科学竞争力	第 7 位(2007 年)	前 5 位以内
	技术竞争力	第 6 位(2007 年)	前 5 位以内
经济社会效果	生活质量	第 38 位(2007 年,55 国)	25 位以内
	科技领域雇佣人员比重	16.80%	25%
	科研活动对经济的贡献率	30.4%(1990～2004 年)	40.0%(2000～2012 年)

3.2　主要国家优先领域设置比较

3.2.1　主要国家优先领域比较

尽管各国政府逐年增加科研投入，但增加的经费与其要达到的经济社会目标相比，仍显得僧多粥少，是远远不够的。同时，增加的科研经费往往还会导致支持的研究领域和研究人员数量的新一轮扩张，引发对科研经费新的需求。因此，在制订科研经费增加计划的同时，各国政府普遍本着"有所为，有所不为"的原则，设定了与国家目标息息相关，对未来经济增长、就业和社会整体价值有较大影响力的若干优先领域，集中资金于这些领域中开展研发活动，提升有限资金的使用效率。虽然各国优先领域设置各不相同，但最受关注的领域是生命科学（健康）、信息通信技术、生物技术、纳米技术以及能源与环境可持续发展。表 3-5 罗列了主要国家优先领域的设定及这些领域下的部分重大科技计划。

表 3-5　主要国家的优先领域设定及这些领域下的部分重大科技计划

国家	优 先 领 域	优先领域下的重点计划
美国	纳米技术；网络和信息技术；制造技术；空间探索；物质科学和工程；国土安全；教育；能源、环境与资源保护	国家纳米计划；网络与信息技术研发计划；反恐研发计划；气候变化科学计划；气候变化技术计划；先进能源计划；太空探索计划；海洋行动计划
英国	能源；环境；安全；健康；数字经济和纳米技术的工程应用	E-Science 计划；前瞻计划
德国	健康与生物技术；能源、气候与资源保护；安全；交通（汽车、航空）四大高技术领域。重点关注健康领域下的制药技术与健康研究；能源、气候与资源保护领域下的环境技术、能源技术与种植技术；交通领域下的航空技术、海洋技术与汽车技术；安全领域下的安全技术以及生物技术、纳米技术、信息与通信技术、微系统技术、生产技术、空间宇航技术、材料技术这些共性技术	健康与生物技术领域：制药研发计划；医疗技术行动计划；分子成像研发计划。能源、气候与资源保护领域：气候保护研究和预防其后变化后果研究计划；有机太阳能光伏电池（OPV）研发计划；CO-ORETEC 计划；E-Energy 计划。交通领域：SIM-TD 计划。安全领域：安全研究国家计划。其他共性技术计划：纳米行动计划 2010；THESEUS 计划；对地观测卫星 TerraSAR-X
法国	《面向 2010 年的关键技术报告》，确定 8 大领域的关键技术：信息通信；化学与新材料；建筑；能源与环境；生命科学与健康；智能交通；产品分销；制造技术与生产方式	信息社会政府行动计划；信息社会数字国家计划；国家纳米科学与纳米技术计划等
欧盟	第七个欧盟框架计划（FP7）下的十大主题研究领域：健康；食品、农业和生物技术；信息通信技术；纳米、材料和新制造技术；能源；环境和气候变化；运输；社会经济科学和人文科学；空间；安全	欧洲安全研究计划；伽利略计划；尤里卡计划；纳米技术五年发展行动计划；数字经济五年发展计划；欧盟创新行动计划；ITER 计划等
日本	"第三期科学技术基本计划"确定的 8 大领域：生命科学；信息通信；环境；纳米与材料技术；能源；制造技术（Monodzukuri Technology）；社会基础设施；前沿科学与跨学科科学，如空间开发与使用、海洋开发等。事关国家生存的技术，如地球观察与海洋探测系统、核能技术、空间传输系统技术、X 射线自由电子激光技术、快中子增值堆循环技术（FBR Cycle Technology）、下一代巨型计算机等。	

国家	优 先 领 域	优先领域下的重点计划
中国	《国家中长期科学和技术发展规划纲要(2006~2020年)》确定的11个国民经济和社会发展的重点领域(能源;水和矿产资源;环境;农业;制造业;交通运输业;信息产业及现代服务业;人口与健康;城镇化与城市发展;公共安全;国防)下的68项优先主题。8大技术领域(生物技术;信息技术;新材料技术;先进制造技术;先进能源技术;海洋技术;激光技术;空天技术)的27项前沿技术。18个基础科学问题	16个重大专项:核心电子器件;高端通用芯片及基础软件;极大规模集成电路制造技术及成套工艺;新一代宽带无线移动通信;高档数控机床与基础制造技术;大型油气田及煤层气开发;大型先进压水堆及高温气冷堆核电站;水体污染控制与治理;转基因生物新品种培育;重大新药创制;艾滋病和病毒性肝炎等重大传染病防治;大型飞机;高分辨率对地观测系统;载人航天与探月工程。 4项重大科学研究计划:蛋白质研究;量子调控研究;纳米研究;发育与生殖研究。 基本计划:863计划;973计划;科技支撑计划;平台建设计划。 政策引导计划:星火计划;火炬计划等
俄罗斯	《俄罗斯科技优先发展领域和关键技术清单》确定的8大领域:安全与反恐;生命科学;纳米技术和材料工业;信息与电信技术;尖端武器装备;军事和特种技术;自然资源的合理利用;运输、航空和航天系统;能源和节能。共34项关键技术	
韩国	《面向先进一流国家的李明博政府科技基本计划(2008~2012年)》提出的7大技术领域的50项重点技术,40项候补重点技术,包括:重要支柱产业技术;新产业创造;知识基础服务;国家主导技术;特定领域研发;解决全球性课题;基础和融合技术	
芬兰	《科学、技术与创新》战略确定的领域:林业、金属和信息通信技术;生物技术;新材料;软件;知识密集型服务;纳米技术	
瑞典	药学;气候与环境;先进技术;跨领域技术;人文与社会科学	
西班牙	2007年制定的《国家科研、开发与技术创新计划》确定了5大领域:健康;生物技术;能源与环境;通信与信息社会;纳米科技与新材料	纳米科学技术战略行动计划;2005~2010年可再生能源发展计划;2008~2012年节能行动计划

除了上述国家外,表3-6给出了其他一些OECD国家的科技优先领域❶。

---

❶ OECD. OECD科学技术和工业展望. 北京:科学技术文献出版社,2006.

表 3-6 OECD 国家优先科技领域

国　家	优 先 领 域
澳大利亚	环境与可持需发展;健康;前沿技术的转化;安全防卫
奥地利	生命科学;信息通信技术;纳米科学和微米技术;移动;交通;空间和航空;环境、能源和可持续性;社会科学、人文科学和文化研究
捷克	胚胎细胞研究
丹麦	生物技术;纳米技术;信息通信技术
匈牙利	材料力学;生产工程和设备;能源;交通;电子学、测量和控制技术;生物技术;环境保护;信息通信技术及其应用
冰岛	环境;信息通信技术;纳米技术
爱尔兰	生物技术;信息通信技术
墨西哥	信息通信技术;生物技术;材料、设计、加工过程
荷兰	生命科学;基因组学;纳米技术;信息通信技术
新西兰	生物技术;信息通信技术;创新型产业
挪威	海洋研究;医药和卫生研究;信息通信技术;能源与环境;功能基因组学;纳米与新材料技术

3.2.2　主要国家优先领域设置的过程比较

从科学发展的角度来看,优先领域的设置是一个科学发展的内在逻辑(即知识发现)推动与外在逻辑(即市场需求)拉动共同作用、相互协调的共同结果。一方面,一个迅速发展的研究领域可能通过科学内部的发展产生潜在的技术或商业上的机会,当这种机会被科技人员或其他社会成员觉察就可能催生出丰厚的回报,当研究成果可能导致广泛的实际应用,产生巨大效益时,优先领域就会形成和显现出来;另一方面,当广大潜在用户意识到需要更多某一门类科学背景知识的时候,优先领域也会应运而生。近年来,"需求拉动"在优先领域设置中变得更为重要,美国一直反对集中科学规划,认为科学技术优先领域的确定应由科学发展内部发展准则来决定,但在 20 世纪 80 年代,这种观念因资金不足受到了冲击,开始对科技与社会经济需要结合在一起进行系统思考,重视对未来高收益科技领域的选择。

可以说,优先领域的设置是直接影响到一个国家未来经济增长主导力的战略选择,亦属于科技决策范畴,因此也可以从科技决策制定的视角来考察优先领域的设置过程。

在一些科技治理结构较偏向于集中制的国家里,对于优先领

73

域的设置，以自上而下的方式（Top-down）进行，中央政府一般采取较为明确的策略或计划，例如中国、日本、韩国等国家，许多国家都通过设在中央的建议机关来推荐优先领域，例如法国是研究技术高级委员会（CSRT）、日本是综合科学技术会议（CSTP）等，部门的意见同时在这些机关中进行了权衡与协调。

在美国等科技体系呈分散型的国家里，优先领域的设置则是沿着自下而上（Bottom-up）的路径来进行，在美国并不存在着类似于集中制国家的中央建议部门，而是通过分散的顾问委员会在优先领域设置方面为不同政府部门服务。另一个在优先领域设置领域发挥重要作用的组织是国家科技委员会（NSTC），这个于1993年根据当时美国总统克林顿的12281号行政令成立的内阁级别的委员会的主要任务之一就是加强中央对科研经费的控制，以国家意义上的重大项目遴选来发挥这些经费的最大效益。另外，各部门的意见也在这个委员会中得到了权衡与协调。

在德国这样的二元型科技体系国家里，科研体系由分散的公共研究机构、自治程度较高的高校构成，优先领域的设定主要在分散独立的科研机构层次上进行，这对这些科研机构的自律性提出了较高的要求。在德国，科学委员会（WR）在优先领域设置过程中同样发挥着重要的作用，这个由来自于科技界、联邦政府、州以及社会人士等成员组成的独立顾问实体不仅在优先领域推荐、研究项目评估方面发挥着无可替代的作用，同时也促进着联邦-州，政府-科技界的对话，协调优先领域设置过程中各方的关系。

3.2.3　主要国家优先领域的设置工具与资助方式比较

（1）作为优先领域设置主要工具的技术预见

技术预见已经成为众多国家确定自身需求与能力、设置优先领域所广泛使用的一种工具。英国从1994年就开始开展政府层面的预测项目，政府部门在制定科技与创新战略时必须将技术预测考虑进去；德国以FUTUR论坛方式进行优先领域确定的对话，科学委员会（WR）也通过"研究展望"的方法确定新颖的研究课题及领域，既可以代表国家利益，又可以反映全球问题；加拿大工业研发技术路线图（TRM）是一个由未来市场的项目需求推动的计划过程，该计划帮助公司确定、选择、开发技术替代产品来满足未来市场的服务、产品或运作需求，预测时间为未来 5～10 年❶；法国在 20 世纪 80 年代已开始有步骤地开展科技优先领域的战略研究，进行了总体性的科技预测，并将结果扩散到产业界与政府。该中心 1983 年曾举行"90 年代的科研中心"研讨会，就十年后的前景列入科技政策问题进行了讨论，此后，就此问题开展了广泛的工作，并与法国计划委员会共同组织开展了"2005 前瞻"的预测研究；日本自 20 世纪 70 年代以来已经使用德尔菲方法定期进行技术预测时间，每 5 年开展一次，预测时间为 30 年❷。

（2）优先领域的资助方式

优先领域的推进主要依靠增加投资的方式来进行。在这方面，政府投资的作用尤为重要，在调整研发投入方向上起着决定性作用。政府一般通过两种方式对优先领域进行投资。

第一种方式以国家创新战略为载体，将优先领域投资与国家创新战略联系起来。中国、日本、西班牙、奥地利和匈牙利等国家都在其国家科技发展计划中确定优先领域；法国对《面向 2010 年的关键技术报告》确定的 8 大领域关键技术每年拨款 13 亿欧元。

第二种方式是直接使用新的投资手段。2004 年丹麦政府设立"丹麦未来基金"，投资于前景良好的高技术领域，如生物技术、纳米技术和信息通信技术等领域。在墨西哥，14 个行业基金开始作用于应用研究、技术开发以及更为广义的知识进步的若干领域。荷兰内阁实施了 30 多个知识基础设施项目，其资金来自于天然气的收益，这些由公私联盟实施的项目主要集中于生命科学、基因学、通信技术和纳米技术等领域。挪威 1999 年用石油部门收入建立了一个基金，将利息用于资助海洋研究、医学和卫生研究、信息通信技术、能源与环境四个优先领域的长期基础研究；挪威还设立了专项资金资助功能基因组学和新材料❸。

---

❶ OECD. 公共研究的治理——走向更好的实践. 北京：科学技术文献出版社，2004.

❷ 韩森. 关于优先研究领域浅议. 科学管理研究，1994（4）：6-8.

❸ OECD. OECD 科学技术和工业展望. 北京：科学技术文献出版社，2006.

3.3 结论

通过对各国科技战略和优先领域设置的比较研究，能够看出各国科技发展日益清晰、成熟的思维脉络。在各国的国家科技战略中，具有许多共性趋势，主要包括以下几方面。

（1）重视营造有利于创新的氛围

在科研人员培养上，许多国家的科技战略都体现出对环境建设的重视，普遍通过各种方式营造出有利于创新的氛围。例如美国在 Augustine 报告中建议设立"总统创新奖"，鼓励优秀创新人才。事实上，美国政府已经设置了大量的科学奖以表彰杰出的科研人员，例如诺贝尔热身运动奖、科学家摇篮奖等，每年联邦与州等举行各种竞赛筛选，很好地营造出了有利于创新的氛围。日本则在"第三期科学技术基本计划"中提出加强对独立研究者的支持力度，在通过严格审定获得工作岗位之前，政府将以固定期限雇佣年轻研究人员，帮助他们进行研究；大学也要为助教创造独立展示其才华的科研条件。

（2）聚焦重点领域

各国除了制定了大幅增加科研经费的目标计划外，还普遍设置了对国家未来经济增长、就业和社会整体价值有较大影响力的若干优先领域，集中资金于这些领域中开展研发活动。这些优先领域主要集中在生命科学（健康）、信息通信技术、生物技术、纳米技术以及能源与环境可持续发展等领域。在对优先领域的资助方式上，有的国家以国家创新战略为载体对这些优先领域进行资助，还有的国家则设置新的创新基金，对优先领域进行直接投资。在优先领域确定的过程中，技术预见正发挥着越来越大的作用，并被普遍采用。

（3）重视国际科技合作

在科研国际化的时代，各国普遍重视国际科研合作，但不同国家合作的动机不同，总的来说，科技发达国家希望通过合作增强国际影响力，促进国内科研活动的国际化，吸引更多国外人才；而通过科技合作获得更多资助，建立起国际科研网络，提高本国科研水平则是一些科技发展中国家进行国际合作的重点。

（4）重视区域创新体系的建立

各国的科技战略不仅强调创新活动国际化，还同样强调创新活动在区域层面的发展，通过建立起企业、高校、研究部门、政府机构等不同行为者之间相互联系、相互作用的区域创新网络来减少区域内的技术鸿沟、提升产业竞争力。

（5）重视知识产权保护

在知识经济时代，各国科技战略在强调通过税收等手段鼓励创新的同时，也强调通过建立起有效的知识产权体系，更好地发现、利用和保护知识产权。

（6）重视提升科技资源的利用效率

在科技高度发展的时代，科研仪器水平成为提升科研活动水平的重要因素。对于日益精密且昂贵的科研仪器，各国在国家层面普遍采用了各种措施，促进这些设备的共享，使更多科研活动的水平得到提升，并提高有限科技资源的利用效率。

上述主要国家科技战略中所体现出的共同趋势在中国制定的《国家中长期科学和技术发展规划纲要（2006～2020年）》中基本都有反映，有些方面的确是中国科技发展所必须加以强化的，例如提升科技资源的利用效率、加强知识产权保护等，这体现出了中国科技战略的前瞻性和权威性。主要国家科技发展成熟的战略思维不仅体现在科技发展规划上，还体现在规划目标的设置、达到这些目标的计划与措施等环节上，中国也可充分借鉴科技发达国家的经验，在《规划纲要》的基础上，进一步细化各项科技事业的发展规划，包括发展目标、预算投入、发展措施等，实现科技发展战略与战术层面的有效协同。

第4章 主要国家科研经费比较

当科技发展速度日益加快，并且与国运、民生紧密联系在一起的时候，科研经费就从过去的津贴转变为了面向未来的一种战略投资。各主要国家和地区无不将增加科研投入作为促进本国科技发展，实现各自研发强度目标的重要举措。联合国出版的《联合国科技报告2005》❶ 曾对世界科技发展状况进行了大致的描绘（见表4-1）。从表中可以看出，除了经济发展水平，发达国家的科技发展水平同样远高于发展中国家，北美和欧洲的科研投入占据着领先水平，而非洲和阿拉伯国家科研经费投入仅占GDP的0.2%左右。

表 4-1 2002 年世界 GDP、人口、科研经费投入的关键指标

指标 地区	GDP（十亿美元）	占世界总GDP的比例（%）	人口（百万人）	占世界人口的比例（%）	科研投入（十亿美元）	占世界R&D投入的比例（%）	科研投入占GDP的比例（%）	人均科研投入（美元）
全世界	47599.4	100.0	6176.2	100.0	829.9	100.0	1.7	134.4
发达国家	28256.5	59.4	1195.1	19.3	645.8	77.8	2.3	540.4
发展中国家	18606.5	39.1	4294.2	69.5	183.6	22.1	1.0	42.8
欠发达国家	736.4	1.5	686.9	11.1	0.5	0.1	0.1	0.7
美洲	14949.2	31.4	849.7	13.8	328.8	39.6	2.2	387.0
北美洲	11321.6	23.8	319.8	5.2	307.2	37.0	2.7	960.5
欧洲	13285.8	27.9	795.0	12.9	226.2	27.3	1.7	284.6
非洲	1760.0	3.7	832.2	13.4	4.6	0.6	0.3	5.6
亚洲	16964.9	35.6	3667.5	59.4	261.5	31.5	1.5	71.3
大洋洲	639.5	1.3	31.8	0.5	8.7	1.1	1.4	274.2
所有阿拉伯国家	1219.1	2.6	292.0	4.7	1.9	0.2	0.2	6.4
OECD	28540.0	60.0	1144.1	18.5	655.1	78.9	2.3	572.6

资料来源：UNESCO Institute for Statistics estimations，December，2004.

---

❶ UNESCO. UNESCO Science Report 2005.

在这幅世界科技发展的版图下，本章重点对主要国家科研经费的投入和使用情况进行比较，主要包括科研投入的总量和分配方式等方面的内容。选取进行比较的国家为美国、英国、法国、德国、日本、中国、韩国与俄罗斯等。欧盟是在世界上具有重要影响的区域一体化组织，在科研领域发挥的作用日益重要，欧盟层面也制订了许多科研合作计划，因此本章在部分研究中也将原欧盟 15 个成员国（EU-15）❶ 作为一个整体列入比较范围。

---

❶ 欧盟 15 国包括奥地利、比利时、丹麦、芬兰、法国、德国、希腊、爱尔兰、意大利、卢森堡、荷兰、葡萄牙、西班牙、瑞典与英国。

4.1 主要国家科研经费投入数量比较

4.1.1 主要国家的科研经费投入计划

世界科技事业高速发展，全球科研经费投入也始终保持旺盛的增长态势，即使是经济不景气时期，这种旺盛增长的态势也未受到太大影响，并预计将在未来持续下去。近年来，许多国家政府都陆续出台了增加本国科研投资的计划，表明了这些国家在一定时期内增加科研投入的目标与决心，这些计划如表4-2所示。

表 4-2 主要国家增加科研经费投入的计划

国家	增加科研经费投入的计划
美国	2006年《美国竞争力计划》提出，未来10年间美国政府对国家科学基金、能源部和商务部等支持基层研究机构的资助将增加一倍。为达到这一目标，政府对这些机构的资助每年以7%的速度增加
英国	出台"十年科技与创新投资框架计划"，计划2014年国家科研经费占GDP的比重达到2.5%
德国	2006年提出"高技术战略"，提出2010年科研经费投入占GDP比重达到3%，达到里斯本战略的要求
法国	《科研指导法》规定2005～2007年3年内公共财政为科研拨款60亿欧元；2010年前公共科研资金每年以26%的速度递增。 对《面向2010年的关键技术报告》确定的8大领域关键技术每年拨款13亿欧元
欧盟	里斯本战略：2010年科研经费投入占GDP的3%，其中政府科研投入占1%。 欧盟第7个框架计划（FP7）的科研经费投入约为50亿欧元，远远高于FP6的投入水平
日本	"第三期科学技术基本计划"期间（2006～2010）政府研发投资总额达到25万亿日元
中国	《国家中长期科学和技术发展规划纲要（2006～2020年）》规定：到2020年，全社会研究开发投入占国内生产总值的比重提高到2.5%以上。"十一五"规划规定2010年科研经费投入占GDP比重达到2%
韩国	《第二期科学技术基本计划》计划将政府科研经费投入占GDP的比重从2006年的3.23%提高到2012年的3.5%
俄罗斯	2006年批准的《2007～2012年俄罗斯科技综合体优先研发方向联邦专项计划》计划共投入1949亿卢布
西班牙	2007年制定的《国家科研、开发与技术创新计划2008～2011》规定，2011年全社会科研经费投入占GDP比重要达到2.2%
爱尔兰	《建设爱尔兰的知识经济——促进至2010年研发投资的行动计划》计划至2010年，高校和公共部门进行的研究费用在同期内应从4.22亿欧元增加到11亿欧元；企业、高校和公共部门的研究支出总共达到GDP的2.5%
奥地利	2020年研发支出占GDP比重达4%，其中基础研究支出占GDP比重达1%
瑞士	2008～2011年联邦政府科研和高等教育支出每年增加6%

事实上，更多国家并未出台类似于表 4-2 所列国家的科技发展行动计划，但仍确定了科研经费投入增加的目标，同时每年的科研经费投入也保持了相当数额的增加。

印度在 1999～2000 年科研经费开支增长了 3 倍多，新一届政府在 2004 年度大幅增加研发预算，几乎比 2003 年增加了 1/4，达到 1520 亿卢比（约合 33 亿美元），几乎所有重要项目的资助都将增加 15%，印度政府计划到 2011 财政年度印度第十一个五年计划结束时，科技投入至少要达到 GDP 的 2%。

挪威政府为达到科研经费支出占 GDP 比重达到 3% 的长远目标，正努力将政府的研发预算提高到 GDP 的 1%❶。芬兰政府计划把科研经费投入占 GDP 比重从 3.5% 增加到 2011 年的 4%，其中公共投资维持在 30% 左右，约合 GDP 的 1.2%❷；丹麦政府也计划到 2010 年将科研经费支出占 GDP 比例提升到 1%。瑞典政府于 2008 年宣布，2009～2012 年度将总共投入 150 亿瑞典克朗的研发经费，这一数目比过去同期科研经费有了成倍的增长❸。

4.1.2　主要国家科研经费投入的比较

（1）科研经费投入规模

图 4-1 展示了 1981～2008 年主要国家科研经费总额的变化情况。各国的科研经费投入均保持较快速增长。其中，美国在科研经费投入处于突出位置，每年的科研经费投入规模远远超过其他国家，且始终保持较高比例的增长，2008 年达到 2707 亿欧元，庞大的科研经费被认为是美国保持科技领先优势的关键因素。日本的科研经费投入于 2007 年达到 1101 亿欧元，远高于欧盟中科研经费投入最多的德国 2007 年的 615 亿欧元，但随着近年来欧洲各国均大力提升本国科研投入水平，日本与欧盟 15 个

---

❶ Norwegian Ministry of Education and Research White Paper. Climate for Research. Report to the Storting No. 30（20082009）.

❷ The Science and Technology Policy Council of Finland. Review 2008. Helsinki，2008.

❸ Ministry of Education and Research. A boost to research and innovation. Article no. U08.017.

成员国研发经费总体水平的差距有所增大。中国的科研经费投入水平大致与韩国相当，近年来保持较高速度增长，2007年科研经费投入达到356亿欧元。图4-2反映了按购买力评价法计算的主要国家科研经费变化情况。从图中可以看出，2005年中国的科研经费投入已超过位居第4位的德国，成为仅次于美国、日本的世界第三大研发投入主体。

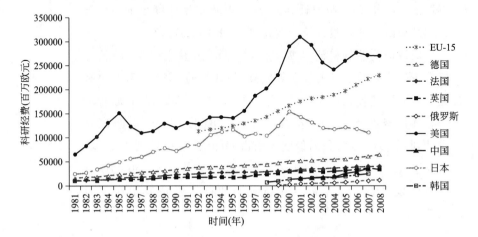

图 4-1　主要国家科研经费变化情况

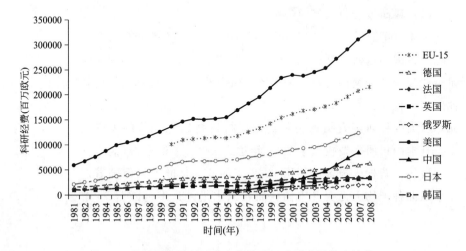

图 4-2　主要国家科研经费变化情况（购买力评价法计算）

（2）科研经费投入强度

科研经费投入占 GDP 比重反映了一个国家科研经费投入的强度。高水平的科研经费投入是一个国家创新能力的重要保障，与科研经费投入总量一样是考察一国科研投入水平的重要指标。图 4-3 描绘了主要国家 1981～2007 年科研经费投入占 GDP 比重的变化情况。在这些主要国家中，日本的科研经费投入占 GDP 比重位于这些主要国家的前列，于 2007 年达到 3.67％，反映出日本对科研投入的一贯重视。绝大多数发达国家科研经费投入占 GDP 比重都在 2％以上，相比之下，中国科研经费投入占 GDP 的比重到 2005 年为 1.33％，尚未达到 1995 年《中共中央、国务院关于加速科学技术进步的决定》中提出的："到 2000 年全社会科研经费占 GDP 总值的比例达到 1.5％"要求，但从图中可以看出，相对于大多数主要国家较为稳定的研发投入强度，中国的研发投入强度在近年来保持着较快速度的增长。韩国科研经费占 GDP 的比重同样保持着旺盛的增长态势，于 2006 年更是超过了 3％，达到了 3.22％。

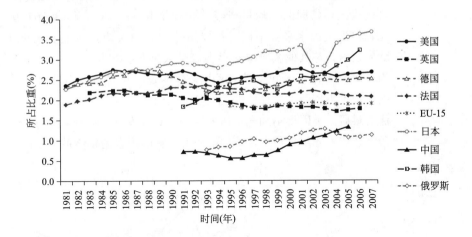

图 4-3　主要国家科研经费投入占 GDP 比重变化情况

作为一个具有相当影响的区域一体化组织，欧盟各国的科研经费投入水平大都在 1％以上，但受各个国家经济发展的影响并不均衡。根据欧盟统计，2007 年欧盟 27 个成员国科研经费投入占 GDP 的比重为 1.85％，其中科研经费投入强度较高的北欧国家芬兰和瑞典分别达到了 3.47％和 3.6％，而希腊、塞浦路斯、拉脱维亚、保加利亚、土耳其等国不到 1％，图 4-4 显示出了欧盟主要国家科研经费投入强度。

第 4 章　主要国家科研经费比较

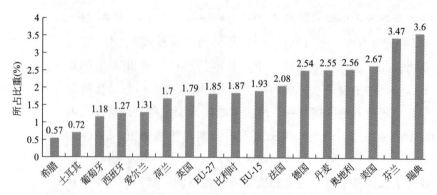

图 4-4　2007 年欧盟国家科研经费投入占 GDP 比重变化情况

（3）人均科研经费

图 4-5 分别反映了主要国家人均科研经费的变化情况。从图中可以看出，日本与美国在主要国家人均科研经费的比较中名列前茅，于 2007 年分别达到了 862 欧元和 903 欧元，反映出了这两个国家出色的科技资源配置能力。近年来，随着政府大幅提高科研投入，韩国的人均科研经费快速增长，于 2007 年达 507 欧元，接近英国水平。中国、俄罗斯等国家的人均科研经费在 100 欧元之内，与其他主要国家存在着较大差距。2007 年，中国的人均科研经费为 27 欧元，为这些国家中最低。相对于中国较为充沛的科技人力资源，科研人员与经费匹配上的不足有可能产生大量优秀科研人员因得不到充足研究经费，难以发挥应有作用的情况，最终造成人才浪费与人才流失等问题，影响国家创新体系绩效。

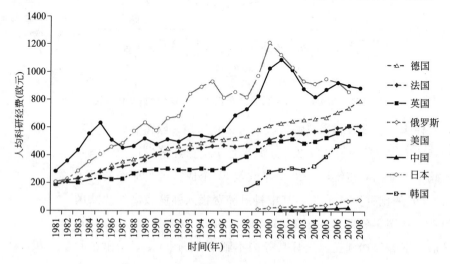

图 4-5　主要国家人均科研经费的变化情况

4.2 不同部门科研经费投入的比较

图 4-6 描绘了主要国家科研经费的来源情况。不难看出，企业与政府是科研经费的主要来源，部分国家，如英国、法国与俄罗斯，国外投资也是其国家科研经费的重要来源。本节主要对企业和政府这两个部门科研经费投入情况进行比较。

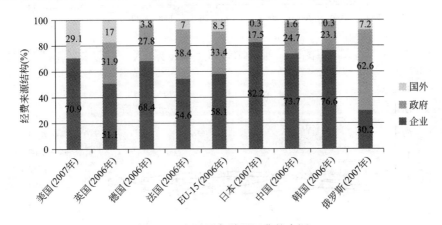

图 4-6　主要国家科研经费的来源

4.2.1 政府科研经费投入水平

政府是基础研究、重大关键技术、共性技术等研发活动的主要资助者，是科研经费的重要来源之一，并且在调配全国研发资金、调整研发投入方向上起着确定性作用。图 4-7 和图 4-8 分别反映了主要国家政府科研经费的变化情况以及政府科研经费占所有科研经费的比重。从图中可以看出，美国政府科研经费投入于2008 年达到 732 欧元，远远超出各国政府，欧盟 15 国政府科研投入总量近年来保持较快增长，已超过美国，2008 年达到 755欧元。日本的政府科研经费投入水平仅略高于欧盟 15 国中德国、法国，与日本国家科研经费投入水平不相符，反映出了日本高度依赖于企业的研发活动，政府科研投入相对不足的情况，是日本经济逐渐失去竞争力的重要原因之一。绝大多数国家政府科研经费投入占科研经费总量的 30％左右，俄罗斯的这一比例高达60％，政府每年会有大量经费流向企业部门。

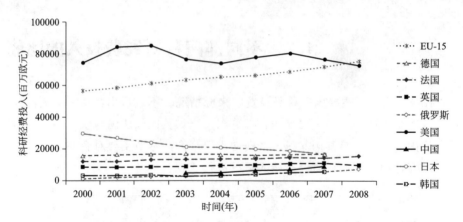

图 4-7　主要国家政府科研经费投入

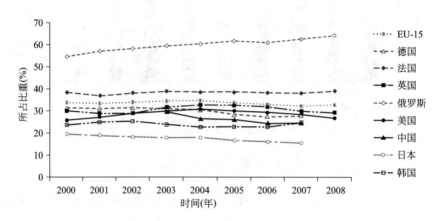

图 4-8　主要国家政府科研经费投入占科研总经费的比重

图 4-9 反映了主要国家政府科研经费投入占 GDP 比重。从图中可以看到，韩国近年来政府科研经费投入占 GDP 比重有大幅上升，从 2000 年的 0.55％上升到 2008 年的 0.8％，主要国家政府科研经费投入占 GDP 比重都在 0.5％以上，中国仅维持在 0.35％左右，与这些国家存在着一定差距。

政府研发预算拨款（Government budget appropriations or outlays on R&D，GBAORD）同样是反映政府研发投入的重要指标。图 4-10 反映了主要国家政府研发预算拨款的数量情况。从图中可以看出，美国政府研发预算拨款金额位于这些国家首位，并且高于欧盟 15 个成员国的总和，2008 年达到 968 亿欧元。日本位居第二位，2008 年政府研发预算拨款为 234 亿欧元。

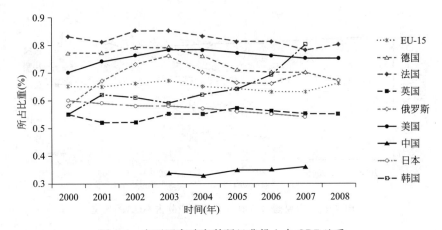

图 4-9　主要国家政府科研经费投入占 GDP 比重

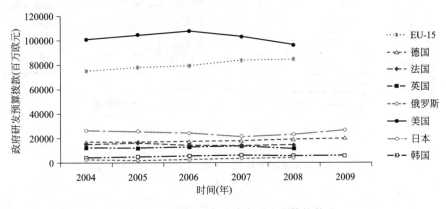

图 4-10　主要国家的政府研发预算拨款

从图 4-11 主要国家 GBAORD 占 GDP 比重来看，韩国近年来增长迅速，2008 年达到 0.91％，2009 年达到了 1.02％。美国 GBAORD 占 GDP 的比重近年来略有下降，2008 年为 0.99％。俄罗斯有较大程度下降，近年来维持在 0.4％左右。

国防研究在各国政府研发预算中一直有着十分特殊的地位。图 4-12 和图 4-13 反映了剔除国防预算后，主要国家社会经济目标的政府研发预算拨款的变化情况和占 GDP 的比重。从图中可以看出，虽然美国社会经济目标的政府预算拨款总量仍高于日本、德国等主要国家，但它占 GDP 的比例却低于这些国家，主要原因在于美国国防部多年来一直占联邦科研经费的 50％以上。德国和韩国近年来社会经济目标的政府研发预算拨款增速明显，2009 年已达到 GDP 比重的 0.8％以上，美国 2008 年仅为 0.43％。

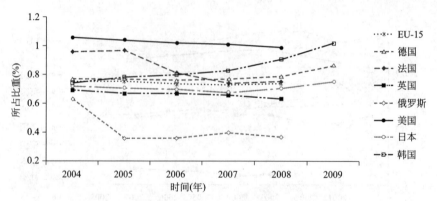

图 4-11　主要国家政府研发预算拨款占 GDP 的比重

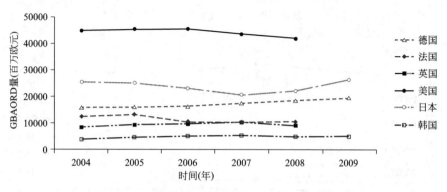

图 4-12　主要国家社会目标的 GBAORD 变化情况

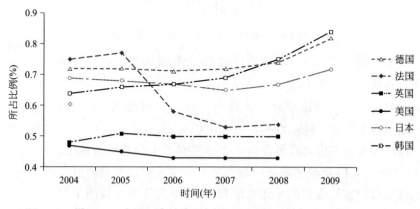

图 4-13　主要国家社会目标的 GBAORD 占 GDP 比例

4.2.2　企业科研经费投入水平

一直以来，企业是国家研发活动的最重要力量，图 4-14～图 4-16 反映了主要国家企业科研经费投入情况。从图中可以看出，美国企业科研经费投入高于欧盟 15 个成员国的整体水平，位居世界首位，2008 年企业科研经费投入达到 1821 亿欧元。日本企业科研经费投入 2007 年达到 856 亿欧元，远高于德国，略低于欧盟 15 个成员国 2007 年的 1235 亿欧元。近年来，中国企业科研经费投入增长迅速，2007 年达 251 亿欧元，高于英国、韩国、法国等国。从比例上看，主要国家企业科研经费投入占科研经费的比重大都在 50％以上，法国、英国和俄罗斯略低于欧盟 15 个成员国的平均水平。近年来，美国、德国、日本、韩国和中国企业科研经费投入更是占科研总经费的 70％左右，高于欧盟 15 个成员国的平均水平。从企业科研经费投入占 GDP 比重来看，2007 年日本和韩国的比例分别达到 2.68％和 2.36％，反映出这两个国家企业对在科研活动中旺盛的活力。2007 年中国企业科研经费投入占 GDP 比例也达到了 1％，接近欧盟 15 个成员国 1.07％的平均水平。

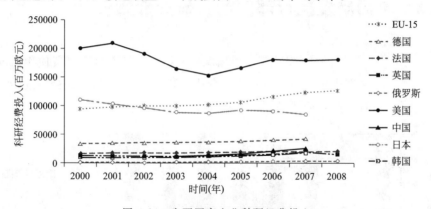

图 4-14　主要国家企业科研经费投入

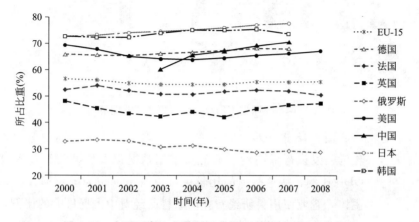

图 4-15　主要国家企业科研经费投入占科研总经费的比重

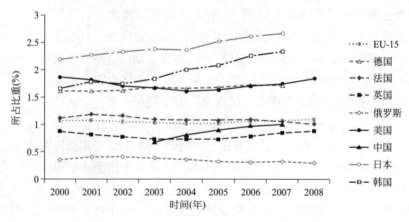

图 4-16　主要国家企业科研经费投入占 GDP 比重

4.3　不同研发执行部门的科研经费比较

图 4-17 反映了主要国家研发执行部门的科研经费使用情况。从图中可以看出，政府、企业、高等教育部门是最主要的研发执行部门，科研经费主要在这些部门间分配。

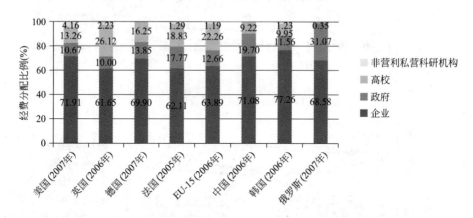

图 4-17　主要国家不同部门间科研经费分配情况

图 4-18 进一步反映了主要国家政府、企业和高等教育部门作为研发执行部门的科研经费使用情况以及所使用科研经费占 GDP 比例。从这些图的比较中可以看出，作为国家研发活动的主体，企业使用科研经费在国家科研经费中占据最大的比例，约占 70%。美国企业每年使用科研经费金额远高于其他国家，

2008 年达到 1966 亿美元，占美国当年 GDP 的 2%。受宏观经济
影响，日本企业使用科研经费虽然近年来有所降低，但仍排名第
二，2007 年为 858 亿欧元，但占 GDP 比例高于美国，达到
2.68%。中国和韩国企业使用的科研经费近年来高速增长，占
GDP 比例也有很大提高，但中国企业 2007 年使用科研经费占

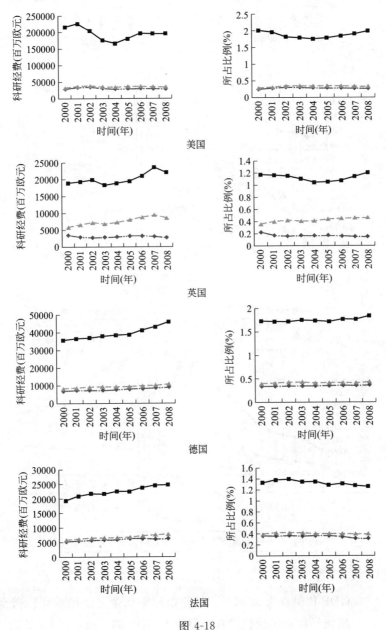

图 4-18

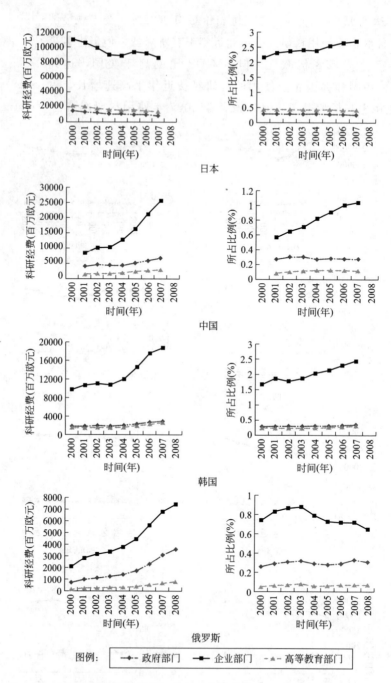

日本

中国

韩国

俄罗斯

图例：◆— 政府部门　■— 企业部门　--▲-- 高等教育部门

图 4-18　主要国家研发执行部门科研经费使用情况和科研经费占 GDP 比例

GDP 比例仅为 1.04％。俄罗斯近年来企业使用科研经费金额虽然同样保持了较快增长，但不及 GDP 的增速，占 GDP 比例在近年来有所降低。

　　政府虽然是科研经费的重要来源，但作为研发执行部门，在国家创新体系中的作用并不明显，所使用科研经费占所有科研经费的 20％左右，占 GDP 比例都在 0.4％以下，欧洲国家大都难以达到《里斯本战略》的 1％目标。

　　在考察了主要国家科研经费的来源和使用情况后，进一步对主要国家科研经费的分配情况进行分析。图 4-19 反映了主要国家 2007 年科研经费的大致分配情况，从图中可以更为清楚地看出主要国家最主要科研经费来源部门的经费流向特征。中国政府部门 2007 年投向高等学校的科研经费占当年科研总经费的 4.8％左右，远低于欧洲国家政府部门 10％以上的水平。俄罗斯政府是企业研发活动的重要资金来源，政府部门投向企业部门的科研经费占当年科研总经费的 35.5％左右，远高于其他国家 4％左右的平均水平。

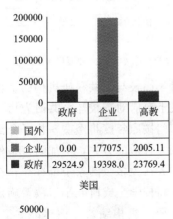

	政府	企业	高教
国外			
企业	0.00	177075.	2005.11
政府	29524.9	19398.0	23769.4

美国

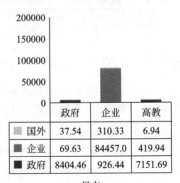

	政府	企业	高教
国外	37.54	310.33	6.94
企业	69.63	84457.0	419.94
政府	8404.46	926.44	7151.69

日本

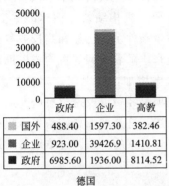

	政府	企业	高教
国外	488.40	1597.30	382.46
企业	923.00	39426.9	1410.81
政府	6985.60	1936.00	8114.52

德国

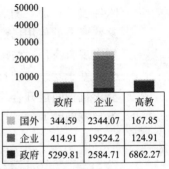

	政府	企业	高教
国外	344.59	2344.07	167.85
企业	414.91	19524.2	124.91
政府	5299.81	2584.71	6862.27

法国

图 4-19

国内外政府宏观科技管理的比较

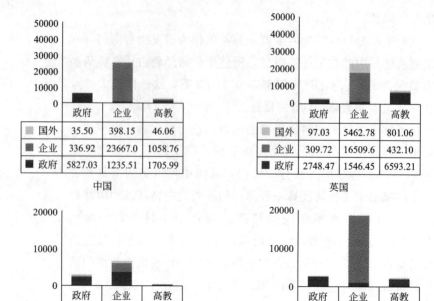

中国

	政府	企业	高教
国外	35.50	398.15	46.06
企业	336.92	23667.0	1058.76
政府	5827.03	1235.51	1705.99

英国

	政府	企业	高教
国外	97.03	5462.78	801.06
企业	309.72	16509.6	432.10
政府	2748.47	1546.45	6593.21

俄罗斯

	政府	企业	高教
国外	218.18	527.87	18.11
企业	409.95	2494.47	207.55
政府	2452.89	3762.84	397.84

韩国

	政府	企业	高教
国外	4.55	42.81	5.25
企业	119.91	17514.9	370.65
政府	2720.50	1166.99	1993.68

图 4-19　主要国家 2007 年科研经费的分配情况（单位：百万欧元）

　　除了上述数字之外，政府对于高校与公共科研机构的资助方式正逐渐发生着变化。传统意义上政府对高校与公共研究机构的资助主要是机构式资助，政府部门按照年度将经费一揽子分配给研究机构，机构可以按照自己认为合适的方式，不加附带条件地支配这些经费。这种经费资助方式在大多数国家中都存在，在基础研究领域最为普遍，每年根据高校学生或研究小组数量确定投入经费。目前，随着高校与公共研究机构绩效评估标准的变化，这些经费的使用已经不再没有附带条件了，已经和高校或科研机构实现自身使命情况紧密结合起来。随着长期的机构式资助的减少，基于竞争的项目式资助正逐渐增加，体现在定期合同研究、要求机构间展开合作的具体研究项目经费以及跨学科研究经费等类型资助的增加，正如上一章所述，这是增加高校与科研机构活力的重要手段之一，OECD 对部分国家的一项调查结果清晰地显示了这一趋势（见表 4-3）❶。

---

❶ OECD. 公共研究的治理——走向更好的实践. 北京：科学技术文献出版社，2004.

表 4-3　部分 OECD 国家中机构式资助与竞争式资助的趋势

项　目			1996	1997	1998	1999	2000
加拿大	大学	机构式资助	51.8%	51.6%	49.0%	46.1%	43.4%
		补助金和合同	29.8%	29.5%	31.1%	33.9%	36.7%
捷克	大学	机构式资助	—	—	—	80.2%	75.2%
		目标式资助	—	—	—	19.8%	24.8%
	公共研究机构	机构式资助	—	—	—	42.5%	41.7%
		目标式资助	—	—	—	57.5%	58.3%
芬兰	大学	机构式资助	—	52.0%	—	47.0%	—
		补助金	—	19.0%	—	24.0%	—
		合同和项目	—	18.0%	—	19.0%	—
	公共研究机构	机构式资助	—	50.0%	—	43.0%	—
		补助金	—	7.0%	—	9.0%	—
		合同和项目	—	24.0%	—	27.0%	—
英国	大学	机构式资助	37.3%	36.2%	35.1%	35.1%	34.8%
		补助金和合同	62.7%	63.8%	64.9%	64.9%	65.2%

4.4　不同类型研究的经费比较

　　人们已经习惯将研发活动分为基础研究、应用研究和试验开发三类。根据 OECD 的《弗拉斯卡蒂手册》，基础研究是指主要为获得关于现象和可观察事实的基本原理的新知识而进行的试验性理论性工作，它不以任何专门或特定的应用或使用为手段。应用研究也是为了获得新知识而进行的创造性研究，主要是为了确定基础研究成果的可能用途，或是为了确定要达到某些具体的和预先确定的目标所应采取的新的方法或途径。试验开发又称技术开发，是利用基础研究、应用研究成果和现有知识为创造新产品、新方法、新技术、新材料，以生产产品或完成工程任务而进行的技术研究活动。

　　图 4-20 反映了主要国家这三类科研活动的资金分配情况。从图中可以看出，开发研究经费在三类研究经费中占据最大比重。各国基础研究、应用研究与开发研究三类研究经费所占比例大致为 15％、20％与 65％。中国 2004 年基础研究的经费仅占科

研总经费的 5.96％，2007 年只有 4.7％，远远落后于其他主要国家，甚至还有进一步下降的趋势。相比之下，中国的开发研究的比重远远高于其他国家，近年来还有增加的趋势，这反映出中国在科研发展工作中，将注意力过度集中于比较容易出成果的科技成果转化领域，但基础研究投入严重不足的现状，这种做法虽然有利于加快科技向现实生产力的转化，符合当前中国以技术创新为重点的科技发展战略，比较适合现阶段的基本国情，但长此以往将可能会妨碍国家科技中长期发展与原始创新能力的提高。

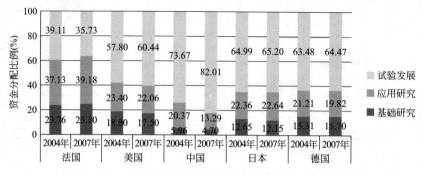

图 4-20 主要国家不同类型科研活动的资金分配情况

图 4-21 反映了主要国家高等教育部门三类研发活动经费比例情况。从图中可以看到，2007 中国高校用于基础研究的经费占高校科研经费的 27.6％左右，远低于美国的 75.2％、法国的 84.7％、日本的 55.3％和韩国的 41.1％，作为基础研究的主战场，中国高校对基础研究活动的投入亟待进一步加强。

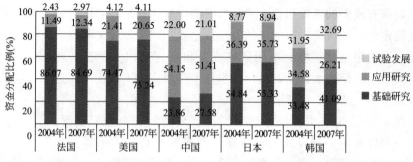

图 4-21 高等教育部门不同类型科研活动的资金分配情况

注：图 4-1～图 4-21 数据来源：欧盟统计局 Eurostat，2010。

4.5 结论

科研经费投入是面向未来的一项重要的战略性投资，也是一种重要的科技发展政策工具，各国普遍使用这一工具，加强对其科技体系的资助力度，并逐渐对其资助体系进行改革。在增加资助的同时，各国都加强了对提高资金使用效率的战略性思考，更多地关注于研发活动与国家目标的一致性，更加关注有限资金所能取得的经济与社会效益。总体来说，主要国家在科研经费投入与使用方面呈现出如下趋势。

（1）科研经费投入持续快速增长

所有国家的科研经费都在近年来持续快速增长，这种增长并未受到经济不景气的影响，并预计将在未来继续维持下去。在这一科研经费投入增长的过程中，企业的科研经费增长对国家科研经费增长的贡献最大，相反，政府部门的科研经费有逐步减少的趋势，这也反映出了科技发展过程中各部门的角色正逐渐发生的变化。

（2）资助方式正逐步变革

在资助方式上，高校与公共研究机构的资助方式正逐步发生着改变，传统的"按人头"式机构式资助在减少，而且资助的数目和使用也更加依赖越来越严格的科研机构绩效评估活动。作为提升高校与公共研究机构研发活力的重要手段之一，基于竞争的项目式资助正在被越来越多地使用。

（3）更加强调对科研经费的统筹管理

许多国家都趋向于将政府科研经费投入集中于一个部门（主要是政府科技行政主管部门）进行统筹协调。约半数的 OECD 国家都由一个单独的政府部门负责科研费用管理，其掌握的资金大都超过本国政府财政科技投入的 50%；日本和德国的科技主管部门掌握的经费占中央政府财政科技经费的 2/3；美国政府科技办公室（OSTP）和预算管理局（OMB）在科技预算中起着主要的协调作用，二者共同发布有关研发优先序列的年度预算备忘录。

上述趋势对于中国科技事业的发展具有一定启示。通过中国科研经费投入情况的国际比较，结合上述趋势，在这里做出如下建议。

(1) 继续提升科研经费投入强度

通过国际比较，不难发现当前中国的科研经费投入水平与科技发达国家还存在着一定差距，主要有以下三方面的问题。

① 科技投入总量偏低。应该看到，随着科教兴国战略的实施，中国的科研经费投入规模不断增长，已经成为全球科研经费投入的一支重要力量。1995～2006 年，中国科研经费投入总额从 348.7 亿元上升到 3003.1 亿元，以年均 21.6％的速度增长，但从总量上来看，中国与日本、美国等科技发达国家还存在较大差距。从人均水平来看，鉴于中国人口众多，人均科研经费的差距与科技发达国家的差距更大，在国际上处于较低水平。

② 科技投入强度偏低。虽然近年来中国科研经费投入规模持续快速增长，但中国经济同样保持的较高增速使中国科研经费的投入强度增长缓慢。2006 年中国科研投入占 GDP 的比例为 1.42％，低于世界平均 1.6％和发达国家 2％的水平，也尚未达到 1995 年《中共中央、国务院关于加速科学技术进步的决定》中明确提出："到 2000 年全社会科研经费占 GDP 总值的比例达到 1.5％"的要求。从中国国民经济与社会发展第十一个五年规划设定的目标来看，按此增速要于 2010 年达到 2％的目标存在不小难度。

③ 基础研究投入比重偏低。长期以来，中国基础研究的投入仅占科研经费总投入的 5％左右，2007 年更是只有 4.7％，低于 2006 年的 5.2％，且有下降趋势，不利于科技可持续发展，同期美国、日本、俄罗斯、韩国都维持在 15％～20％的水平，法国甚至超过 20％。作为基础研究主战场的高校，用于基础研究的经费远低于美国、法国和日本等国，反映出中国高校基础研究活动亟待增加重视。中国的基础研究、应用研究和开发研究经费的比例同样并不协调，且这种不协调有逐渐增大的趋势，2002 年中国这三项研究经费比例约为 1：3：13，到 2007 年比例约为 1：3：17，同年美国的比例为 1：2：3；日本为 1：2：5，这也反映出了中国目前过于急功近利，重视科技成果的产业化而轻基础研究的问题。

因此，继续提升科研经费投入强度，尤其是对基础研究的投入强度，应该是志在走创新型国家道路中国的明智之举。

（2）加快资助方式改革步伐

虽然提高项目式资助的使用比例被认为有利于提升机构研发效率，受到了许多国家的支持，但 OECD 的经验表明，过多地依赖于项目式资助可能会削弱研究基础的持续发展，无论提供的是资金还是其他形式的资源，都必须建立一种机制确保其涵盖所有的研究成本，包括基础设施方面的费用。因此从 OECD 国家的经验看，虽然增加项目式资助是基本趋势，但这一过程还是相当谨慎的。

对于中国来说，应该看到，提升科研机构研究水平与绩效仍是科研机构改革的重要目标之一，项目式资助也已经被广泛运用于对各类科研机构的资助中。在目前的环境下，加快科研机构资助方式改革的步伐，就必须充分考虑到机构式资助与项目式资助各自的优缺点，在兼顾不同机构研究特点的基础上，建立起机构式资助和项目式资助相互补充的科研机构资助体系，同时建立起完善的科研机构绩效评估机制，以提升中国科研机构的科研质量。

（3）完善国家科技财政投入体制

2000 年部门改革以来，国务院各部门和各直属机构的科技经费直接纳入各部门的部门预算，中央一级科技预算单位有 7 个，包括科技部、中国科学院、国家自然科学基金委、中国科学院等。"十五"期间，科技部作为国务院制定的科技工作主管部门，列入部门预算的科技经费占中央财政科技总支出经费的 17％ 左右，难以影响整个科技预算的编制和调整，在客观上造成了科技经费多头管理，科技经费使用缺乏整体布局，效率较低的弊端，因此建议以国家科技发展规划为依据，完善国家科技财政投入体制，更好地发挥科技投入的整体使用效率。

# 第 5 章　主要国家科技人力资源比较

在当今知识经济时代，科学技术发展水平已成为各国综合国力竞争的重要内容。科技人才是科技发展最为重要的战略资源，科技人力资本不仅直接影响到一个国家的自主创新率，还直接影响到国家从国外吸收与学习新技术的速度❶，因而引起了世界各国的普遍重视。科技人才是一种特殊的稀缺资源，一方面很难在一般市场上通过交易获得，另一方面又随着教育国际化和科技研发活动全球化，在全球范围内的流动性增强。因此世界各国根据本国情况，纷纷制定了科技人力资源战略，旨在维持或增强本国的科技人才竞争力。表 5-1 罗列了 OECD 国家和地区科技人力资源的发展目标❷。

作为国家创新战略的重要组成部分，各国科技人才战略通常一方面不断强化对本国科技人力资本的投资；另一方面又致力于充实人力资源供应的渠道，在国际范围内招贤纳士，尤其是尖端人才，以内外兼修的方式储备与发展科技人才资源，以期在日益激烈的科技竞争中掌握核心竞争优势。本章在对主要国家科技人力资源现状进行比较的基础上，归纳了当前世界科技人力资源发展的趋势，对中国科技人力资源的现状与问题进行分析，在此基础上提出政策建议。

---

❶ Jess Benhabib，Mark M. Spiegel. The Role of Human Capital in Economic Development：Evidence from aggregate cross-country data. Journal of Monetary Economics，1994，(34)：143-173.

❷ OECD. OECD 科学技术和工业展望．北京：科学技术文献出版社，2006.

表 5-1　OECD 国家和地区科技人力资源的发展目标

国家和地区	科技人力资源发展目标
欧盟	为实现 2010 年的科研经费投入占 GDP3％的目标,估计需要增加 70 万名新的研究人员
法国	增加企业研究人员数量。2004 年额外设立 300 个 CIFRE 助学金资助产业背景的博士培养
德国	到 2010 年把德国外国学生的比例从 8.5％增加到 10％
爱尔兰	将研究人员占人口比例增加一倍,从 5∶1000 增加到 10∶1000
加拿大	为实现提高科研投入强度达到 OECD 国家前 5 位的目标,估计需要增加 10 万名研究人员。政府计划加拿大大学直到 2010 年平均每年增加 5％的硕士和博士生,将有高达 4000 个新的合格研究生获得加拿大研究生奖学金计划的资助
日本	大学理事会 1997 年的政策建议提出,为满足新的需求,研究生招生数量从 1997 年的 15 万增加到 2010 年的 25 万
韩国	研究人员总量从 18 万增加到 25 万
荷兰	教育文化与科学部、经济事务部和社会福利与就业部已经设立"科学技术三角计划",采取措施增加具有科学工程教育背景的知识工人的数量
挪威	到 2010 年每年授予的博士学位从 700 个增加到 1100 个(所有学科的总数)
瑞士	到 2006 年将瑞士大学的女性助教数量增加一倍,占教职员工的 14％
美国	到 2005 年所有中小学教师都受过数学和科学培训

5.1 主要国家科技人力资源规模比较

5.1.1 科技人力资源的不同统计方式

对各国科技人力资源的比较受指标统计口径与统计方式的影响。在这里先对科技人力资源主要指标的不同统计方式进行介绍❶。

科技人力资源的鉴别标准是参照 OECD 和欧盟统计局（Eurostat）等联合编写的《科技人力资源手册》，该报告按照国际教育标准分类和国际标准职业分类对科技人力资源的教育和职业范围进行了界定，认为科技人力资源是指完成了科学技术学科领域的第三层次教育，或者虽然不具备上述正式资格，但从事通常需要上述资格科技职业的人。这样的话，对于是否属于科技人力资源就存在着两项鉴别标准：一是"资格"，即受教育的程度；二是"职业"，即实际从事一定科技职业的人。按这两条标准，科技人力资源就是指满足下列条件的人：①完成科技领域大专或大专以上学历（学位）教育的人员，或按联合国教科文组织《国际教育标准分类法 1997》（ISCED1997）的标准分类，在科技领域完成第五级教育或第五级以上教育的人员；②虽然不具备上述正式资格，但从事通常需要上述资格的科技职业人员。对科技人力资源，目前较为常用的两类统计指标分别为"科技活动人员"和"R&D 人员"。

"科技活动人员"的定义源自联合国教科文组织（UNESCO）的《科技活动统计手册》，是指科技人力资源中直接从事科技活动、专门从事科技活动管理和为科技活动提供直接服务的人员。一个劳动者是否属于科技活动人员范畴，关键是看其所做的工作或正在从事的职业是否属于科技活动范畴。1978 年联合国教科文组织（UNESCO）制订出版的《科学技术统计指南》把科技活动分为研究与试验发展、科技教育与培训、科技服务三类，中

---

❶ 中国科协调研宣传部，中国科协发展研究中心．中国科技人力资源发展研究报告．北京：中国科学技术出版社，2008．

国为了强调科研成果的应用与转化，在上述三类的基础上增加了
"R&D成果的应用"。因此中国的科技活动人员统计口径与
OECD有所差别，具体分为四大类：一是从事R&D活动的人员
（R&D人员）；二是从事R&D成果应用的人员；三是进行科技
教育与培训的人员；四是从事科技服务的人员。目前中国科技活
动统计没有包括教学培训活动，这意味着教学人员（但同时进行
科研的除外）没有计入科技活动人员范围之内，实际统计中，将
直接从事科技活动以及专门从事科技活动管理和为科技活动提供
直接服务、累计的实际工作时间占全年法定工作时间的比例大于
等于10％的人员计入科技活动人员。

R&D人员是科技活动人员的核心部分。OECD根据科技人
员在R&D活动中的作用，将参与R&D活动的人员分为研究人
员、技术人员和辅助人员。研究人员（Researcher）是指从事新
知识、新产品、新工艺、新方法、新系统的构想或创造的专业人
员，以及R&D课题的高级管理人员；技术人员是指通常在研究
人员的指导下参加R&D课题，应用有关原理和操作方法执行
R&D任务的人员；辅助人员是指参加R&D课题或直接协助承
担这些课题的熟练工和非熟练技工、秘书和办事人员，还包括所
有为R&D课题提供直接服务的财务、人事及行政管理人员。中
国早期的科技统计主要是科技活动统计，后来才逐渐引进R&D
活动统计并不断完善，目前中国R&D人员定义源自OECD发
布的《研究与发展调查手册》，指直接从事R&D活动的人员以
及为R&D活动提供直接服务的管理人员、行政人员和办事
人员。

无论是"科技活动人员"还是"R&D人员"，在国际比较
中常用人数（HC）和全时工作量（FTE）两种量纲，常用的指
标包括"科技活动人员"、"R&D人员"总量，以及这两个指标
下的"科学家与工程师总量"。

5.1.2　主要国家科技人力资源数量

作为最为重要的科技资源，各国的科技人力资源近年来保持
着稳定、快速的增长。由于科研经费中很大一部分用来支付研究
人员的工资，因此这种稳定、快速的增长与各国科研经费投入的

持续快速增长基本保持一致；科技人员在全球的分布情况也与全球科研投入情况基本吻合。图 5-1 与图 5-2 分别展示了主要地区与主要国家科研人员的数量与比例❶。从图中可以看出，至 2002 年，全球研究人员主要分布于亚洲、欧洲和美洲，其中亚洲占 37%，主要集中于中国、日本与韩国等国；欧洲占 33%，主要分布于俄罗斯、英国、德国、法国等国；美洲占 27%，近 85% 集中在美国。中国科技人力资源总量增长快速，2002 年达到 81.1 万人，仅次于美国，领先于日本和俄罗斯；至 2006 年，中国科技人力资源总量约为 3800 万人，超越美国位居世界第一。

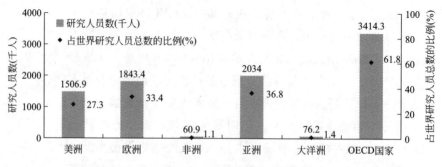

图 5-1　2002 年世界主要地区研究人员数量与比例

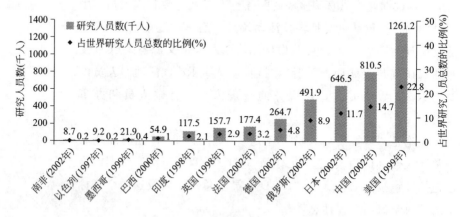

图 5-2　主要国家研究人员数量与比例

图 5-1、图 5-2 资料来源：UNESCO Institute for Statistics estimations，December 2004.

　　研究人员（researcher）担负着新知识、新产品、新工艺、

---

❶ UNESCO. UNESCO Science Report 2005.

新方法、新系统的构想或创造以及科研课题的管理等重任，是一个国家科技人力资源的核心力量。图 5-3 反映了主要国家研究人员的数量变化情况❶。从图中不难看出，美国在研究人员的数量上仍处于世界领先水平，扎实的科技研究人员队伍为美国创新体系的活力提供了坚实有力的保障。在各国研究人员队伍保持平稳较快速增长的情况下，中国近年来研究人员的数量增长异常迅速，研究人员总量已经超越了日本和欧盟 15 国的总和，位居世界第二位。

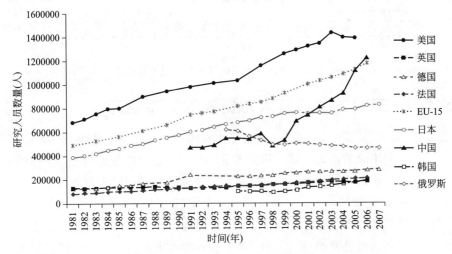

图 5-3　主要国家研究人员数量变化情况

图 5-4 反映了主要国家研究人员密度情况。科技发达国家人口相对较少，研发活动也较为活跃，所以一般研究人员密度较高。从图中可以看出，日本的研究人员密度最高，2006 年平均每万人中就有 64 名研究人员。鉴于巨大的人口基数，中国的研发人员虽然在近年来实现了快速增长，并在总量上有一定优势，但相对研究人员数量的增长速度并不突出。2006 年，中国平均每万人中仅有 9 名研究人员，这个数字只是日本的 1/7。

---

❶ 中国的统计口径与 OECD 国家存在一些区别，这里的指标选取的是 "R&D 人员" 下的 "科学家与工程师" 指标，指具有大学本科及以上学历和不具备上述学历但有中级以上职称的人员。由于统计口径的关系，韩国的科技人员统计数据中不包含从事人文与社会科学研究的人员，如无特殊情况，下文不再说明。

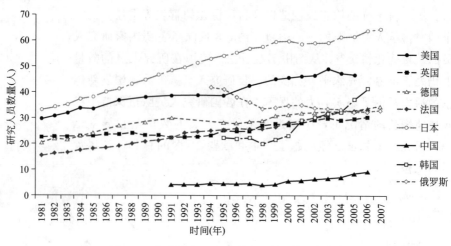

图 5-4　主要国家万人研究人员数量变化情况

5.1.3　主要国家科技人力资源的分布结构

图 5-5～图 5-7 反映了主要国家研究人员按部门的分布情况。不难看出，大部分研究人员都分布在企业研发部门中，支撑着企业的创新活动。科技发达国家企业研发部门的研究人员比例一般在 70％左右，美国与韩国甚至接近 80％，中国近年来研究人员的分布也有向企业部门集中的趋势，2007 年企业研发人员占研发人员总数的 66.35％，接近 70％的水平。2007 年，中国研发人员在企业、政府与高校研发部门的比例分别为 66.35％、16.21％和 17.44％，这一比例结构与科技发达国家的整体分布相似。

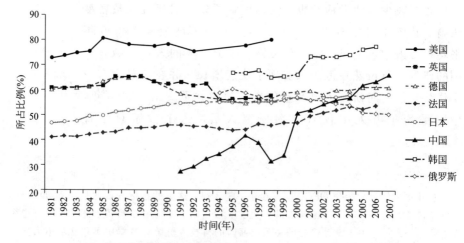

图 5-5　主要国家企业研发部门中研究人员比例的变化情况

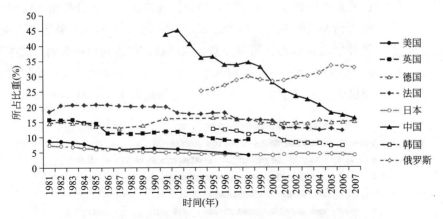

图 5-6　主要国家政府研发部门中研究人员比例的变化情况

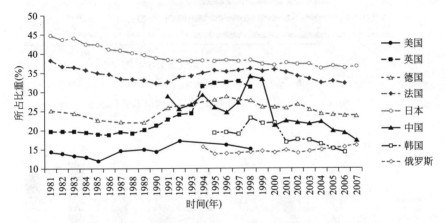

图 5-7　主要国家高校研发部门中研究人员比例的变化情况

图 5-3～图 5-7 数据来源：OECD. Main Science and Technology Indicators. Vol. 2008/2；
日本文部科学省的「科学技術要覧」（平成 21 年版）。

5.1.4　主要国家科研活动劳动成本

通常使用科研劳务费指标来衡量科研活动劳务成本，劳务费不仅包括以货币和实物形式实际支付的劳务报酬，也包括如医疗、住房、交通、福利等部分的费用。图 5-8 和图 5-9 分别反映了主要国家科研劳务费情况❶。从图中可以看出，科技发达国家科研活动劳务成本在科研总经费中所占的比重约在 45% 左右，

---

❶ 石林芬．中国的 R&D 经费-2004．管理学报，2005，（3）：239-244.

第 5 章　主要国家科技人力资源比较

107

也就是说科技发达国家科研经费投入的很大一部分都用来支付科技劳动人员的报酬。相比之下，中国 2003 年的科研经费投入中，仅有 24.7% 作为科研劳务费，这反映出中国的科技劳动力成本远低于科技发达国家的平均水平，2003 年，中国研究人员人均劳务费仅为 0.42 万美元，这一数字仅是德国的 1/15，日本的 1/13。

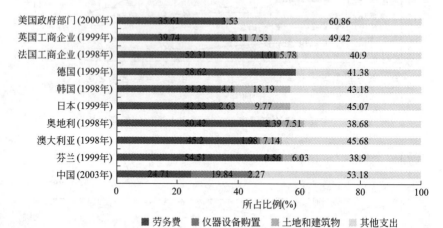

图 5-8　主要国家科研经费按费用类别的划分情况

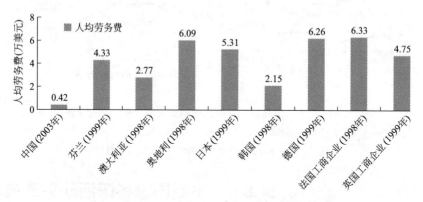

图 5-9　主要国家 R&D 人均劳务费

5.2　主要国家科技人力资源潜力

高等教育是各国科技人力资源新生力量的源泉。一个国家高等教育体系的科技人力资源供给能力是国家科技人力资源潜力的重要体现。此外，海归留学生也充当了国家人力资源外援的角色，归国的海外研究人员不仅能够有效缓解国内科技人员的短缺，还能够建立起国际研究网络，便于国外知识和理念的流入，这对于像中国那样拥有为数众多海外留学生的留学生输出大国来说极为重要，因而也是衡量国家科技人力资源潜力的重要内容。本章从这两方面出发，考察主要国家科技人力资源潜力情况。

5.2.1 主要国家高等教育人力资源供给能力

图 5-10 展示了主要国家大学第一学位获得者（主要是本科生）人数变化情况。从图中可以看出，美国的高等教育体系每年为美国供应了世界上最多的毕业人员；日本、英国、法国、德国等科技发达国家大学每年第一学位获得者的人数保持相对稳定；自 1999 年高等学校扩招后，中国已进入高等教育大众化阶段，成为了世界上高等教育规模最大的国家，科技人力资源的供应能力也持续增强。高校扩招后的 2003 年，大学第一学位获得人数开始显现出强劲的增长势头。

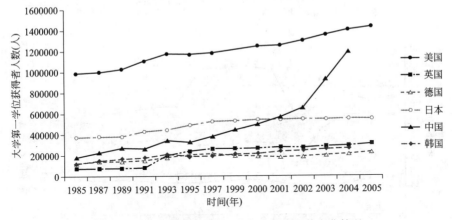

图 5-10　主要国家大学第一学位获得者人数变化情况

科学与工程学（Science and Engineering，简称 S&E）毕业生是未来科学家与工程师的最主要来源。图 5-11 反映了主要国家大学 S&E 学科❶第一学位获得者的比例情况。从图中可以看

---

❶ 各国高等教育学科统计口径有所区别，这里的理工科主要包括物理/生物科学（具体包括物理学、生物学、地球与海洋科学）、数学与计算机科学、农业科学、社会/行为科学和工程科学。

出,中国、日本和韩国等亚洲国家 S&E 第一学位获得者具有较高的比重,美国和英国则具有较低比例,这一方面反映了亚洲国家对于 S&E 毕业生的旺盛需求和很好的 S&E 科技人力资源潜力,另一方面也说明发达国家年轻人对于科学与工程学学习的兴趣越来越弱,不少科技发达国家越来越依靠来自外国的 S&E 尖端科研人员。作为科技发达国家,日本的 S&E 第一学位获得者比例虽然较高,但通过图 5-12 可以看到,其理学与计算机科学、物理与生物科学等学科的第一学位获得者仅占很小比例。有统计资料表明,1998~2001 年,欧洲工程领域大学毕业生每年的增速不足 1%,人数从 65.1 万人增加到 66.9 万人,增速低于全部毕业生数的增长率❶。美国科技、工程与公共政策委员会(COSEPUP)对美国的数学研究水平进行评估后发现,美国数学领域的研究人员在很大程度上依赖于外国的研究者,在这种情况下,在数学领域美国的领先水平很可能受来自欧洲(尤其是前苏联地区)、亚洲移民的时间周期影响而无法持续;目前继续攻读数学研究生学位的美国学生数量的下降也将在将来影响到美国在数学领域的领先度❷。

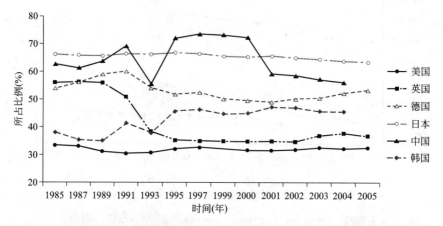

图 5-11　主要国家大学 S&E 学科第一学位占所有第一学位获得者的比例情况

❶ OECD. OECD 科学技术和工业展望. 北京:科学技术文献出版社,2006.

❷ Experiments in International Benchmarking of US Research Fields:Committee on Science,Engineering,and Public Policy. Washington D. C. :National Academy Press,2000.

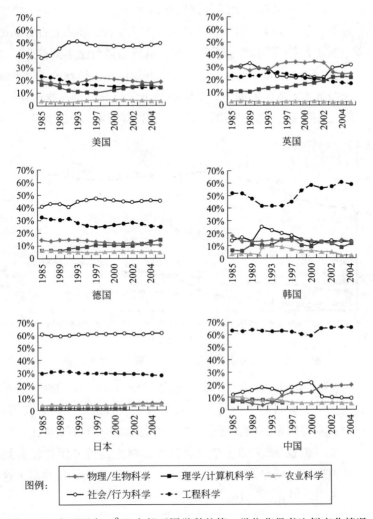

图例：
◆— 物理/生物科学   ■— 理学/计算机科学   ★— 农业科学
○— 社会/行为科学   ●-- 工程科学

图 5-12   主要国家 S&E 内部不同学科的第一学位获得者比例变化情况

  图 5-12 反映了主要国家 S&E 内部不同学科的第一学位获得者比例变化情况。从图中能更加清晰地看出图 5-11 反映的 S&E 学科内部不同学科毕业生比例的状况。美国、英国、德国等欧美科技发达国家和日本的行为与社会科学第一学位获得者在 S&E 第一学位获得者中占较高比例，但工程科学第一学位获得者占 S&E 第一学位获得者的比例仅在 20％～30％之间，且有进一步下降的趋势。与上述国家相反，中国和韩国工程科学毕业生在 S&E 毕业生中始终保持较高比例，2004 年这两个国家工程科学第一学位获得者占 S&E 第一学位获得者比例分别为 65.8％和

59.0%，远高于上述科技发达国家水平。

图 5-13 反映了主要国家大学博士学位获得者情况。从图中可以看出，美国不仅在大学第一学位获得者数量上名列前茅，在博士学位获得者数量上同样遥遥领先于其他国家，体现出了美国强大的科技人力资源供给能力。中国的博士学位获得者人数同样快速增长，已陆续超越韩国、英国、日本、德国等国家，位居世界第二位。

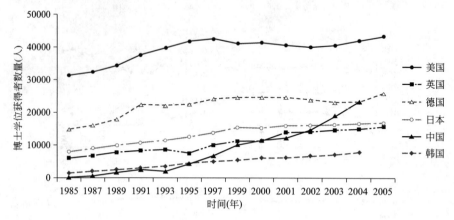

图 5-13　主要国家大学博士学位获得者数量变化情况

图 5-14 反映了主要国家大学 S&E 博士学位获得者在所有博士学位获得者中的比例。从图中可以看出，英国、德国、韩国、日本等国家虽然在博士学位教育总体规模上小于美国、中国等国家，但在 S&E 博士学位获得者比例方面的差距并没有规模上的差距那么明显，英国的比例甚至与美国相当，反映出了这些国家 S&E 学科"小而精"的特点。

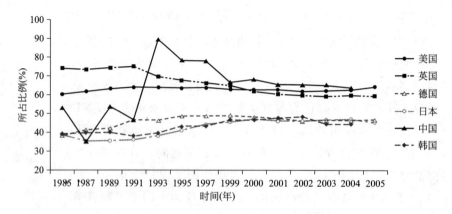

图 5-14　主要国家大学 S&E 博士学位获得者占所有博士学位获得者的比例

从获得 S&E 博士学位的内部学科来看（如图 5-15 所示），与大学 S&E 第一学位获得者的学科情况不同，美国、英国、德国的物理/生物科学学科的博士学位获得者占据了最高的比例，在 40%~50% 左右；在中国、日本和韩国，工程科学博士学位获得者仍占据最大比例，稳定维持在 50% 以上。

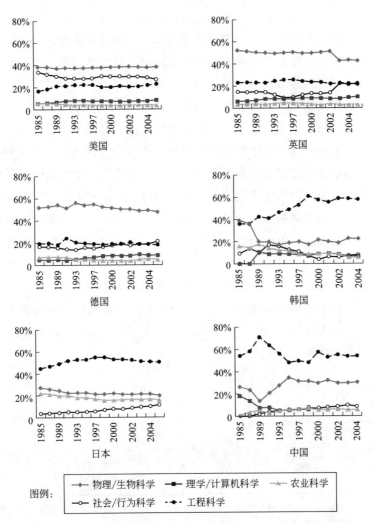

图 5-15　主要国家 S&E 内部不同学科博士学位获得者比例情况

注：图 5-10~图 5~15 资料来源：NSF. Science and Engineering Indicators 2008。

5.2.2　主要国家留学生人力资源情况

随着高校自治程度的提升，校际间学生交流活动日益频繁，众多国家经济发展的需要，也使留学生在世界范围内的流动更加活跃。留学生，尤其是高水平留学生是重要的科技人力资源，也成为各国关注的焦点。图 5-16 反映了 2002 年世界主要的留学生输出与接收国的留学生流动情况。从图中可以看出，美国、英国、澳大利亚等国家是高等教育留学生的主要接收国，对于这些留学生主要接收国来说，凭借其强大的高等教育实力、优质的生活水平和产业化的教育营销策略，培养并留住外国留学生已成为吸引国外人才的重要手段。在这些科技发达国家，青年人对科学研究兴趣的丧失使留学生这一较为丰富的外来智源有助于补偿科技发达国家人力资源的逐渐匮乏。一些科技发达国家，如德国、法国、日本，既是留学生主要输出国，又是主要接收国，但总体上来说接收留学生数大于输出留学生数。中国、印度、韩国这 3 个亚洲国家是世界上最大的留学生输出国，中国同时也是世界上较大的留学生接收国之一，2002 年全年共有 8.6 万名各类留学生在中国的高校学习，位居世界第 6 位。但作为留学生输出的第一大国，中国的留学生输出数量远远超过来华留学生数量，2002 年中国向世界各国输送留学生数量达到 18.2 万人，是第二位印度 8.8 万人的两倍多，美国、日本、澳大利亚是中国的主要留学目的地国家（如图 5-17 所示）。有统计数据称，目前海外华人科技人才的总数接近 100 万人，其中 90％以上具有硕士或博士学位[1]。

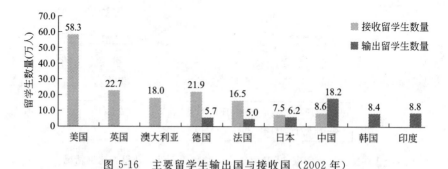

图 5-16　主要留学生输出国与接收国（2002 年）

资料来源：OECD 在线数据库；中国 2002 年来华留学生数量来自于《中国教育年鉴》。

---

[1] 中国科学技术信息研究所．华人科技人才在海外的发展现状分析．2008.

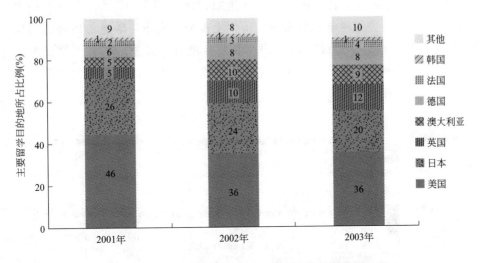

图 5-17　中国留学生的主要留学目的地国家

资料来源：OECD 在线数据库。

对于这些发展中国家而言，散布于海外的大量留学生，尤其是尖子人才是一笔非常宝贵的财富，如何能吸引这些人才回国，为国家科技发展服务一直是非常重要的战略课题。

进一步分析各国的留学生人力资源，重点考察学习领域和学习层次情况。由于各国关于学科的统计口径各不相同，将所掌握不同学科统计口径的各国统计资料按学科接近性归纳为：①农业科学；②医学、药学、兽医学和齿科；③工艺美术和体育；④经济管理、人文与社会科学；⑤教育和语言；⑥自然科学；⑦工程科学这七大学科领域，不属于上述领域范畴的归入"其他"类。图 5-18 反映了主要国家留学生在这些学科领域里的分布情况。从图中可以看出，经济管理、人文社科领域的留学生在各国都具有较高的比例，这在教育国际化背景下，与这些学科的特点有紧密联系。中国与其他发达国家最大的差异体现在语言和教育以及自然科学、工程科学两个领域上。从图中可以看出，美国、德国、英国、日本的留学生在自然科学与工程科学上大多具有很高的比例，除了日本的自然科学领域外都在 10% 以上，说明在这些国家学习先进的自然与工程科学是留学的一大目的，这些国家自然也拥有更多的 S&E 留学生资源。中国虽然是世界最大的留学生接收国，但留学生学习主要集中在教育与语言领域，主要是

国内外政府宏观科技管理的比较

学习汉语言，占所有留学生的比例达到 71.73%，在自然科学和工程科学领域学习的留学生占全部来华留学生的比例分别只有 0.62% 和 3.57%，其中又有相当一部分是来自于第三世界国家，因此对于中国来说，来华留学生中的科技人力资源非常有限。

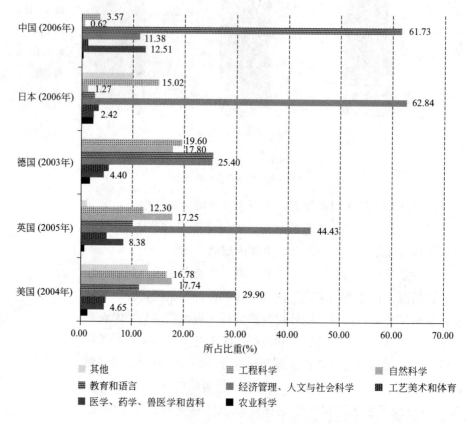

图 5-18 主要国家留学生所在学科领域分布情况

图 5-19 反映了主要国家留学生的学习层次情况。可以看出，在美国、德国、英国、日本等科技较为发达的国家，研究生层次的学习占了很大比重，美国 2004 年和英国 2005 年研究生层次的留学生比例分别达到了 42.34% 和 39.45%。相比之下，2006 年来中国攻读博士与硕士学位的留学生仅占所有留学生比重的 5.31%，同年有 66.28% 的来华留学生集中在了包含汉语言学习在内的普通进修生（39.26%）和短期交流生（26.41%）上。

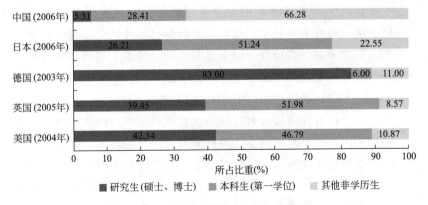

图 5-19　主要国家留学生的学习层次

图 5-18、图 5-19 资料来源：美国 Open doors online：http://opendoors. iienetwork. org/；

　　英国留学生事务委员会：http://www. ukcosa. org. uk/about/statistics＿he. php；

　　德国教研部（BMBF）：Internationalisierung des Studiums-Ausländische Studierende in

Deutschland-Deutsche Studiende im Ausland. Ergebnisse der 17. Sozialerhebung des Deutschen

Studentenwerks（DSW）durchgeführt durch HIS Hochschul-Informations-System［R］；

日本：日本学生支援機構. 留学生受入れの概況（平成 18 年版）［R］；中国：中国教育年鉴［R］。

　　注：中国的本科生数据含专科生；鉴于德国学位制度比较特殊，本统计中认定的研究生层次

包括攻读 Uni-Diplom, Magister, Promotion, FH-Diplom 以及 Master 的留学生。由于德国传统

教育体制不设有本科学位，这里的本科层次是指申请"博洛尼亚协议"下 Bachelor 学位的留学生。

5.3　主要国家科技人力资源发展战略

　　总的来说，随着知识经济的快速发展，各国人力资源在数量、知识和能力方面都难以满足国家在这一时代的发展需要，无论是美国这样的发达国家，还是逐渐崛起中的中国、印度等国，都面临着不同程度的人才短缺状况。因此，众多国家都加强了科技人才的争夺和培养力度，在科技人力资源建设方面积极制订和采取新的战略，夯实本国科技人力资源基础。法国在 2001 年公布的《10 年科技规划》中提出，将把新增高级研究岗位的 20％集中于生物工程、信息技术和环境科学等重点领域，并向全球招聘这些学科的领军人物。德国为提高人才培养能力，决定对 30 家高水平大学研究生院给予专门支持，并为解决信息技术领域专业人才严重短缺的问题而对非欧盟国家的相关人才实行特别绿卡制度。俄罗斯于 2007 年出台了《2008～2012 年创新俄罗斯科学

和教学-教育人才》的联邦专项计划，通过吸引青年人才投身科学、教育和高技术领域，以扭转科技人才流失的现状。除了上述国家采取的措施外，以下是对美国、日本、韩国和中国科技人才战略的更详细介绍。

（1）美国

拥有先进高等教育体系、良好科研条件以及优越生活质量的美国一直是众多留学生与科研人员向往的地方。美国一直依靠两个途径在全球范围内招纳贤才。一是针对高端人才的特殊移民政策。作为一个移民限额国家，美国通过 H-1B 签证允许取得学士或更高学位的专业外国人才到美国工作。此外，美国还把"杰出人才"绿卡作为吸引高端人才的一项重要政策，即授予非美国籍专业工作人士在美永久居留权，并允许其带入家人一起生活，从而达到留住高端人才的目的。二是通过设立各种奖学金招生留学生。从 1946 年开始实施的《福布赖特计划》（Fulbright Program）是世界上规模最大、声誉最高的国际交流计划，每年为大约 4500 名新人授予基金，至今已经吸引了 25 万多名人员参加。此外，美国的各所大学也制定了各自的留学教育政策，为留学生提供奖学金。美国也凭借其卓越的竞争优势每年成功地吸引了大量研究人员和高质量留学生。根据 NSF 的一项调查显示，在受访攻读 S&E 博士学位的赴美留学生中，有超过 70% 的人员计划留在美国，有超过四成的人员已经确定留在美国（如图 5-20 所示）。

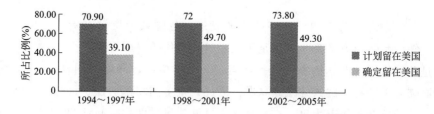

图 5-20　攻读 S&E 博士学位的赴美留学生计划/确定留在美国的比例
资料来源：NSF. Science and Engineering Indicators 2008.

正如前美国科学院院长布鲁斯·艾伯特所言：美国巨大的科学生命力在于它能集合世界各地最优秀的人才。长期以来，稳定的优秀研究人员流入美国一直是美国人力资源保持竞争优势的主要源泉，但这种较为稳定的人才流入在各国对人力资源的激烈竞争中已经逐渐变得难以维持，不仅如此，随着中国、印度以及韩国、新加坡等新兴工业化国家的经济快速发展，使得科技人才在流向上甚至出现了一定的"回流"趋势，许多美国的科技人才纷纷离开美国回到本国发展，这给美国的科技人才资源支撑带来了巨大的挑战。在这种情况下，美国一方面正改革其移民体制，在世界范围内吸引更多的工程与科技人员；另一方面加强了对本国人才的培养力度。美国 2007 颁布的《美国竞争法》为美国基于 R&D 的创新和强化本土人才培养提供了法律保障。《美国竞争法》提出，要加强从小学到研究生阶段的科学、技术、工程和数学教育；培养和提高未来竞争力所需教师的科学技能；创造体验式的学习机会；将国家实验室向教育开放；加强主要外国语言教育，解决高水平外语人才短缺问题。

（2）日本

据日本总务省 2006 年公布的人口普查结果，截止到 2005 年 10 月 1 日，日本的总人口为 1.2777 亿人，人口首次进入负增长。其中，15 岁以下的人口占总人口的比例跌至历史最低水平为 13.7％，65 岁以上的老龄人口比例上升到历史最高水平，为 20.1％。据测算，到 2055 年，日本的总人口将减少到 8000 万。其中，65 岁以上的老龄人口约占 41％，14 岁以下人口占 8％。由此可见，今后由于出生率低下、高龄人群增加，劳动力不足将是日本面临的长期问题。面对日益严峻的形势，日本政府将确保一流创新人才的质和量作为实现其科技立国战略的当务之急。

2006 年，日本制定了《第三期科学技术基本计划（2006～2010）》。该计划最明显的特点就是突出了人才战略。2007 年，文部科学省根据该计划制定了本年度的科技人才综合培养计划（事实上，从 2004 年开始，日本每年都会根据其人才战略制定这样的科技人才综合培养计划），这是一项着眼于科技人才培养和使用全过程、具有连续性的科技人才培养计划，目标在于全面推进从初等教育到大学本科、研究生教育以及职业生涯教育的人才育成体系建设，促进科技人才活跃于社会各界。2007 年该项计划预算为 1644 亿日元；2008 年达到了 1774 亿日元，比 2007 年增长了 7.2％。这两年计划的主要内容并没有太大变化，只是在预算分配方面进行了微调，具体如表 5-2 所示❶。

---

❶ 日本文部科学省．科学技術関係人材総合プラン（2008 予算案版）．

表 5-2 2007 年与 2008 年日本科技人才综合培养计划

2007 年与 2008 年日本综合人才培养计划的主要内容	2007 年度预算	2008 年度预算
①充实数理教育,培养下一代人才	108.27 亿日元	88.75 亿日元
②构筑青年人、女性、外国人能够施展才能的科研环境与体制	600.38 亿日元	858.01 亿日元
③强化大学人才培养功能,以产学研合作方式培养人才	862.28 亿日元	742.77 亿日元
④增进公民对科学技术的理解	73.16 亿日元	84.60 亿日元

《日本科技人才综合培养计划》的重点是"强化大学人才培养功能,以产学研合作方式培养人才"下的世界顶级研究基地计划(Global COE Program),该计划基于"21 世纪 COE 计划"的成果,通过对遴选出的日本大学、大学共同利用机关法人、独立行政法人和公益法人进行重点、集中的支持,创造优良环境,吸引与聚集世界各国顶级水平的一线研究人员,形成"看得见的"、以高水平研究人员为核心的世界顶级研究基地,以提升日本基础研究实力。该计划 2007 年的预算为 35 亿日元,2008 年的预算为 33.9 亿日元。

除了《科技人才综合培养计划》外,留学生也是日本吸引人才的重要内容。早期日本的教育国际化构想在某种意义上更多是出于政治方面的考虑,在成为"经济大国"后,日本一直谋求在世界政治舞台上有足够的施展空间,文化和教育就是主要突破口。早在 1983 年,日本政府就以欧美发达国家的留学生接收程度为目标,出台了"10 万留学生"计划,使留日学生人数在 21 世纪初达到 10 万名。这一目标已于 2003 年达到。当前除了政治因素,在强化日本科技人才储备的战略重要性日趋提升的环境下,2008 年 7 月,日本文部科学省、外务省、法务省等多个部门又联合制定了以 2020 年接收 30 万名留学生为目标的"留学生 30 万人计划"框架,吸引更多国外优秀青年到日本高校学习,并帮助他们毕业后留在日本就业,以扩充未来日本的人才资源。该框架从 2009 年起正式实施,框架主要内容包括:日本的大学与海外使领馆及非企业单位的海外办事处合作开设留学咨询窗口,给希望到日本留学者提供留学信息;简化入境和签证延期申请的审查手续等;建设 30 所国际化大学,为学生提供单纯用英语取得学位的教学环境;完善与其他大学互相承认学分的制度;推进聘用外籍教员的制度等。日本还在发展留学生发面实施了高强度的公共财政投入,2008 年日本用于留学生交流关系预算总额为 406.61 亿日元,分别用于完善公费外国留学生的接收制度、援助自费的外国留学生以及对留学生宿舍建设等项目进行资助。

(3) 韩国

韩国本是一个落后的农业国,通过实施"科技立国"战略,成功地发展成为新兴工业化国家,实现了经济的腾飞。面对着与日本相似的问题,韩国又于 2003 年提出"第二次科技立国"和"人才立国"的战略,以达到建立"创新主导型经济结构"和"科技中心社会"的政策目标。

2008 年,韩国开始实施《第二期科学技术基本计划(2008~2012)》。为实现韩国"人才立国"战略,一个重要目标就是到 2012 年将每万名劳动人口中的研究人员数量提高到 100 名,并吸引 1000 名海外优秀研究人员到韩国工作;通过科学英才的早期发现和吸引国际型的科学家,培养世界性的科技人才。

为了强化本国科研实力、建设世界一流水平的科研教育基地、吸引海外顶级科学家,并培养本国高层次科技人才,在韩国过去所实施的"Brain Korea 21"以及"区域创新新型大学计划"(NURI)的基础上,韩国政府于 2008 年 6 月开始实施新的建设世界级大学计划(WCU:World Class University)。韩国的目标是对遴选出的大学进行大量投资,并聘请国际顶尖专家或邀请顶尖专家共同在这些大学里开展尖端研究项目,以达到韩国"在核心新兴领域满足韩国重要的需求"以及"保证下一代科技人力资源质量"的双重目标。从 2008 年到 2012 年,韩国政府每年将为 WCU 计划提供 1650 亿韩元的资助,对于所聘请的世界顶尖专家和共同研究的韩国科研人员,韩国政府为他们准备了 30 万美元的年薪以及每年最多 10 万美元的研究费用❶。

扩大赴韩留学生规模同样也是韩国科技人力资源战略的重要内容。韩国留学生教育自 2001 年以来增速明显,2006 年外国留学生达到 3.26 万名,较 2001 年增长近 180%。2008 年韩国教育、科技与技术部宣布,韩国计划到 2012 年倍增其外国留学生人数,争取突破 10 万人大关。在韩国留学生教育发展中,政府的政策设计主要经历了两个阶段。韩国政府于 2001 年 7 月和

---

❶ Ministry of Education, Science and Technology Republic of Korea. National Project Towards Building World Class Universities 2008-2012.

2004 年先后制定和实施了两项关于外国留学生发展的政策方案，如表 5-3 所示，其中第二次收效明显，在 2004 年以后赴韩留学生数实现较快增长。

表 5-3　韩国政府推动外国留学生教育发展的两次政策方案

项目	扩大接收留学生的综合方案（第一次）	扩大接收留学生的综合方案（第二次）
时间	2001 年	2004 年
主要措施	①政府对大学英语授课课程的开设给予财政支持 ②通过提高奖学金和扩建留学生宿舍等改善留学环境 ③积极吸引东南亚优秀学生赴韩留学 ④建立专用网站，为外国学生提供相关留学政策以及咨询信息等 ⑤建立对外韩国语教师资格认证制度	①在政府支持下，增加韩国政府奖学金的投入，增加奖学金生名额，并鼓励韩国企业聘用外国留学生，以缓解其就业压力 ②韩国驻外使馆及韩国教育院等国外官方机构与相关人士积极参与并帮助政策方案的实施 ③加大宣传力度。除教育人力资源部网站外，韩国外交通商部、驻外使馆网页上设置超级链接，提供留学韩国的有关信息。同时，积极参与海外留学博览会 ④大幅改善外国留学生的学习、居住条件，为其创造良好留学环境，减少其在适应生活方面的困难，以利其专心学习 ⑤促进韩国语和韩国文化的普及，包括增加海外韩国语能力考点，通过"KOSNET"为外国留学生免费提供学习韩国语和了解韩国文化的机会 ⑥提高行政办事效率，主要通过使用统一入学文件与简化入学手续来实现
实施效果	收效不明显。外国留学生教育发展不快，2001 年至 2003 年，留学生仅增加 668 名	收效明显。外国留学生教育发展迅速，2004 年至 2006 年，留学生增加 15725 名

资料来源：根据韩国学者梁美淑撰写的《韩国外国留学生教育的最新进展及其政策分析》一文整理。

（4）中国

改革开放以来，中国的经济实现了快速发展，这种发展主要是依靠资源、资金和廉价劳动力的外延式推动。在这种情况下，1995 年 5 月，江泽民同志在全国科技大会上的讲话中提出实施科教兴国战略，确立"科技和教育是兴国的手段和基础"的方针。2007 年中国共产党第十七次全国代表大会将提高自主创新能力，建设创新型国家作为国家发展战略的核心。《国民经济和社会发展第十一个五年规划（2006～2010）》的第七篇提出实施科教兴国战略和人才强国战略，将科技人力资源建设作为国家科技发展的重要内容（有关内容见表 5-4）。

表 5-4 "十一五"规划中人才强国战略的有关内容

第二十八章 优先发展教育	第二十九章 推进人才强国战略
①普及和巩固义务教育 ②大力发展职业教育 ③提高高等教育质量 ④加大教育投入 ⑤深化教育体制改革	①建设高素质人才队伍 ②创新人才工作机制

"十一五"规划将继续推进高等教育"211"和"985"工程作为教育发展的重点工程，通过加强高水平大学和重点学科建设，力争形成一批处于学术前沿的新兴和交叉学科，部分学科接近或达到国际先进水平。

如上所述，中国同时是一个留学生接收与输出大国，但来华留学生大都集中于语言领域，攻读 S&E 博士学位的人数更是极为有限，这意味着对于中国来说，如何能够更好地吸引庞大的海外留学生队伍，尤其是其中的佼佼者回到祖国，具有更加重要的战略意义。长期以来，中国政府也一直致力于通过各种手段（参见表 5-5）来吸引海外留学生与国外优秀科技人员，取得了良好的效果。

表 5-5 中国吸引海外留学生回国和国外优秀人才的主要计划

时间	实施主体	计划名称	简 介
1994 年至今	中国科学院	百人计划	到 20 世纪末从国外吸百名优秀青年学术带头人
1994 年至今	人事部；科技部；教育部	留学生创业园计划	鼓励留学生和在国外工作的研究人员回国创业,提供孵化器等支持
1996 年至今	教育部	春晖计划	资助在外优秀留学人员回国工作或为国服务
1998 年至今	教育部	长江学者奖励计划	吸引大批海内外中青年学界精英参与中国高等学校建设,培养、造就一批具有国际领先水平的学科带头人,大力提升中国高校在世界范围内的学术地位和竞争实力
2006 年至今	教育部；国家外国专家局	111 计划	以国家重点学科为基础,从世界排名前 100 位的大学及研究机构的优势学科队伍中,引进、汇聚 1000 余名海外学术大师、学术骨干,配备一批国内优秀的科研骨干,形成高水平的研究队伍,建设 100 个左右世界一流的学科创新引智基地,努力创造具有国际影响的科技成果,提升学科的国际竞争力,提高高等学校的整体水平和国际地位

123

5.4 结论

5.4.1 各国科技人力资源发展的共性趋势

随着近年来世界范围内对科技人力资源的需求日益增强、竞争日趋激烈，保持科技人力资源的可持续发展已成为各国科技人力资源工作的主要目标和重大挑战。各国普遍通过强化教育，增加本国科技人力资源的供给，并在世界范围内收罗顶尖科技人才。通过考察各国科技人力资源发展的举措，可以发现以下共性趋势。

（1）充实数理教育，加强青少年对科学的兴趣与了解

许多国家，无论是科技发达国家，如美国、日本等，还是发展中国家，如印度、中国，年轻人对科学的兴趣正在逐渐下降，体现在 S&E 领域招生数量的减少和经济、法律、工商管理等领域毕业生比重逐年增长。因此，充实数理教育，让青年人重拾对科学的兴趣，缓解科研工作队伍老龄化趋势，成为了各国科技人才发展过程中不谋而合的做法。美国 2007 年 8 月颁布的《美国竞争法》提出，要加强从小学到研究生阶段的科学、技术、工程和数学教育，配强师资，强化中小学生的数学教育。日本《科技人才培养战略》中"充实数理教育，培养下一代人才"部分强调科技人才的培养必须从基础教育阶段抓起，要让初等、中等教育阶段的学生就开始接触到科学技术，并增加对理科的兴趣，具体做法包括应用科学博物馆等资源，增加理科、环境教育等课程体验科学的机会；对理科教学设备进行补助；邀请科学家和工程师来校举办自然科学讲座，介绍科技知识和优秀科研成果，增强科学技术对青少年的感染力和科学家的人格魅力等。

许多 OECD 国家，如比利时、芬兰、葡萄牙都通过组织科学展览或成立新的科学中心、科学日和科学年、提高教师技能、改革课程等方式增强青少年对科学的兴趣。澳大利亚为中学生建立了一个巡回超越计划：智慧行动（Smart Moves），旨在激发年轻人对科学和企业家的兴趣；德国为学生设置研究竞赛"Jugend forscht"以及国际数学、物理、化学和生物奥林匹克竞赛以激励年轻人从事数学和科学研究；爱尔兰已实行一项"发现工

程与科学"的计划，目的是普及物理科学知识，鼓励更多学生进入物理领域学习，毕业后继续在这一领域开始他们的职业生涯❶。芬兰国家教育理事会发起了一项名为"LUMA"（芬兰语自然数学和科学的缩写）的国家发展项目，旨在提高教师的数学和科学知识水平以使之达到国际水准。在 LUMA 框架内，所有教育层次的数学和科学教师都可以参加额外的免费培训。LUMA还开发了教师可以在课堂上使用的特殊教材，例如协助小学物理教学的书籍，或者指导课堂科学试验的出版物❷。

（2）提升女性在 S&E 领域的参与程度

在研究领域存在着一定程度的性别方面失衡，在高学历层次表现的更加严重，许多国家研究人员中女性人员的比例较低，例如日本高校中女性研究人员占 19.4%，瑞士为 26.6%，法国为 32.3%。这不只是因为女性自身对科学的兴趣不强，还有家庭、就业政策等多方面的原因。因此，许多国家都在采取措施提高女性在科研工作者中的比例，以增加科研工作人员的供给。美国国家科学基金会（NSF）设立了"Advance"项目，目标是促进女性在数学、科技、工程等领域的研究活动❸。瑞士国家科学基金会（SNF）专门设立了 Marie Heim-Vögtlin 项目，在几乎所有领域促进因家庭原因离开科研工作的女性重回科研工作岗位❹。德国联邦教研部（BMBF）专门设立了"教育与研究中的女性"（Frauen in Bildung und Forschung）部门，促进男女在教育与研究中的机会平等，并吸引更多女性进入科学领域❺。日本《科技人才培养战略》中的"构筑青年人、女性、外国人能够施展才能的科研环境与体制"部分要求形成女性研究人员的支援体制，设立女性科技人才开发基金，并实施女性特别研究员制度，资助因生产、育儿而离开科研事业的女性工作者重回科研工作❻。

---

❶ OECD. OECD 科学技术和工业展望．北京：科学技术文献出版社，2006.

❷ OECD. 公共研究的治理——走向更好的实践．北京：科学技术文献出版社，2004.

❸ NSF. ADVANCE：Increasing the Participation and Advancement of Women in Academic Science and Engineering Careers：http://www. nsf. gov/funding/pgm _ summ. jsp? pims _ id=5383.

❹ SNF. Die Beiträge des SNF zur individuellen Färderung. http://www. snf. ch/SiteCollectionDocuments/allg _ beitr _ ind _ foerderung _ d. pdf.

❺ BMBF. Frauen in Bildung und Forschung：http://www. bmbf. de/de/474. php.

❻ 文部科学省．科学技术関系人材総合プラン（2008 予算案版）．

125

（3）建设世界顶级研究基地

作为吸引国外顶尖人才最为重要的手段，许多国家纷纷制定并实施了建设世界顶级研究基地的计划，这一举措还能够满足国家在重点领域的研发需求、促进青年科技人员质量的提升。韩国的"WCU"计划、日本的世界顶级研究基地计划（Global COE Program）、中国的 111 计划等都有这方面的想法。

（4）促进科研人员流动

促进科研人员流动，尤其是青年科研人员的流动能够有效提高科技人力资源的质量和配置效率。许多国家和地区都通过各种方式促进这种科研人员的流动，流动类型包括大学与实验室流动以及在国家间的流动。在法国，许多国家科学研究中心（CNRS）的实验室都设在大学校园内，这些实验室既是国家科学研究中心，也是大学的组成部分，是两部门人员交流经验的理想场所。除了在实验室从事研究工作以外，大学人员还必须参加教学活动。上文已经介绍过，德国赫姆霍兹学会（HGF）实施的赫姆霍兹-大学合作计划使博士生有机会能在尖端实验室里开展工作❶；2009 年 7 月 30 日正式成立的卡尔斯鲁厄技术研究院（KIT）不仅是一所州大学，还是隶属于赫姆霍兹学会（HGF）的大型科研机构，担负着科研与培养人才的双重任务❷。在科研人员国家间流动方面，欧盟的许多科研计划都由不同国家的科研人员共同进行；欧盟还通过居里夫人奖学金为研究人员参与国外研究团队创造条件❸。中国、韩国、日本等国家为了吸引国外顶尖研究人员，都在其顶级研究基地计划中支持本国科学家与国外顶尖研究人员组成研究团队共同开展研究。

5.4.2 对中国科技人力资源工作的建议

上述举措对中国科技人力资源工作提供了许多有益启示，在

---

❶ TALENTE FÜR DIE ZUKUNFT. GESCHÄFTSBERICHT 2007 DER HELM-HOLTZ-GEMEINSCHAFT DEUTSCHER FORSCHUNGSZENTREN. HELMHOLTZ-GEMEINSCHAFT，2007.

❷ BMBF. Das Karlsruher Institut für Technologie：http://www.bmbf.de/de/12194.php.

❸ EU. The Marie Curie Actions：http://ec.europa.eu/research/fp6/mariecurie-actions/action/level_en.html.

这里给出如下建议。

（1）继续强化基础教育，培养青少年对科学的兴趣

众多国家通过各种举措来增强青少年对科学的兴趣，使国家科研事业能够"后继有人"，无疑为中国提供了前车之鉴。中国的教育虽然受前苏联教育模式影响，具有重视理工科教育的传统，S&E 毕业生具有较高比例，但一方面 S&E 领域科技人力资源的供应离中国成为创新型国家的目标和实际需求在质和量上都仍存在着不小的距离；另一方面青少年"远离科学"的苗头也有所显现，可能影响到未来中国科技人力资源的供给：中国普通高等学校本科招生中理科学生的比例出现了一定程度的下降（如图5-21所示）；不断进行的教育改革在将应试教育转变为素质教育的过程中也可能在一定程度上影响到中国重视理工科教育的传统；媒体影响着以青少年为主的受众心态与观念，时尚、个性取代了钻研、艰苦奋斗成为了时代的主旋律。

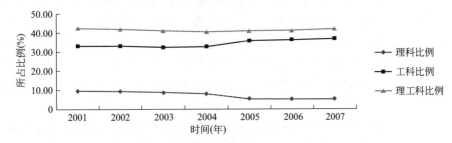

图 5-21 中国普通高等学校理工科招生人数占总招生人数的比例

数据来源：中国教育统计年鉴。

要把中国建设成为创新型国家，迫切需要一支高素质、大规模的科研人才队伍，必须在不断努力中把中国巨大的人力资源优势逐步转化为科技人力资源优势。因此，在教育部门教育改革的过程中，不能放弃重视数理科学的传统，而要让学生更加亲近科学；媒体部门要强化其教化社会的责任，扮演好"科学使者"的角色，在让公众有更多接触科学技术机会的同时，营造起崇尚知识的氛围，将科学家工程师塑造成社会瞩目的明星，鼓励更多年轻人通过刻苦奋斗，成为科研领域的杰出人才。

（2）结合国家创新战略加快学科与课程改革

科技学科与科技课程缺乏吸引力是青年人对科学的兴趣下降的重要原因之一。在这个知识爆炸的时代，知识老化速度的加快也从客观上造成了学科与课程设置滞后的弊端，在大学生毕业时

127

所学的大部分知识已经过期，这就要求中国对现有学科与相应课程设置进行更新，使之对青年人更加具有吸引力，并且与国家发展战略确定的研究领域相契合。国家发展战略所确定研究领域一般具有很强的前瞻性，不仅有研究未来的重点和突破口，也有中国经济发展迫切需要的科技前沿课题，对科技人力资源有旺盛的需求，瞄准国家创新战略所确定的研究领域设置学科与相应课程，不仅能顺承这些研究领域的前瞻性，还能直接为这些领域培养和输送迫切需要的科技人力资源，并且学科改革的过程也非常有利于青年创新性人才的产生。

（3）继续增加科研经费投入，增强科研活动的吸引力

薪酬和研究条件一直是研究人员，尤其是青年科研人员至关重要的激励因素，对于阻止国家人才流失也同样重要。在对主要国家人均科研经费投入和科研活动劳动成本分析后可以发现，中国人均科研投入和研究人员人均劳务费远低于发达国家平均水平，这不仅可能导致许多科研人员无法得到足够科研经费，造成科技人才资源的浪费，还可能造成科研工作吸引力的下降，使大量人才外流。发达国家科研经费的快速增长主要是因为其中的一大部分都用于支付研发人员的薪酬，在科技人才竞争越来越严酷的环境中，中国依靠低研发人员劳务成本来维持科研与创新的局面将难以为继。因此有必要在继续增加科研经费投入的同时，增加科研经费投入中用于人力资源支出的比例，增加科研活动的吸引力，使科学研究与技术创新成为社会羡慕的职业和工作。

（4）更好地吸引国外科研人员

吸引国外科研人员是对本国科技人力资源的重要补充，受到了众多国家的重视。世界上除了印度以外还没有哪一个国家能像中国一样在海外拥有如此众多的高级留学人才资源，因此非常有必要用好这笔宝贵的资源，通过各种方式让更多的海外学子能够回来为祖国的科研事业服务。此外，还应该打破"人才占有"的传统观念，通过采取组建联合科研团队、特聘教授等各种更为灵活的方式，吸引国外最顶尖专家为中国的科研事业服务，并利用这些顶尖人员的关系，建立起国际研究网络。需要指出的是，上述举措都应该建立在强化本国科技人才培养的基础上，在国家间人才竞争日趋激烈，人才安全已经受到各国广泛重视的今天，只有提高国内科技人才的培养能力，才能真正组建起一支能为中国科研事业开拓新局面的创新人才队伍。

第 6 章　主要国家科技评估实践的经验与启示

　　根据中国科技部 2000 年 12 月 28 日颁发的《科技评估管理暂行办法》，科技评估（S&T Evaluation）是指由科技评估机构根据委托方明确的目的，遵循一定的原则、程序和标准，运用科学、可行的方法，对科技政策、科技计划、科技项目、科技成果、科技发展领域、科技机构、科技人员以及与科技活动有关的行为所进行的专业化咨询和评判活动。作为科技管理工作的重要组成部分，科技评估因为能够发挥以下作用正日益受到各国的重视，这些作用主要包括：①激发并鼓励科学研究人员的创造性，是科学共同体奖励和分层的依据，为科学共同体的自组织演进提供动力；②从整体上引导科学研究的发展方向、发展模式，塑造科学研究人员的价值观念；③提高科学研究队伍的质量，保证科学研究的可持续性；④提高科技资源分配的准确性和科技资源的使用效率；⑤为制定新的科技政策和优先发展领域等提供依据。美国科学、工程与公共政策委员会（COSEPUP）还认为，科技评估为科学研究活动的主体提供了与公共政策制定者交流的平台以及向公众展示其研究成果的机会❶。

　　长期以来，包括中国在内的世界各国都致力于科技评估的理论研究与实践，以期提升本国科技研究活动的质量。科技评估活动的理论与实践经验也因此高度发展，总的来说，围绕着科研活动的每一环节，各国科技评估的方法都逐渐趋于完善，并且形成了较为一致的评估框架。但是，相对于其他评估活动，科技评估在评估对象、评估目标、评估委托方和评估程序等方面有

---

❶ Evaluating Federal Research Programmes：Research and the Government Performance and Results Act. Washington D. C.：National Academy Press，1999.

其特殊性；评估活动也受到各国科技管理体制、文化等因素的影响，因此，在高度发展的科技评估大框架下，世界各国的科技评估实践又显示出相对"分裂"的特征，各国在科技评估的理论研究与实践过程中形成了一些独特的做法，有的国家如德国，在国家与州之间的评估活动也清晰地呈现出这一特征。本章尝试从科技评估的法律保障、评估方法、评估层次、评估类型、评估流程与评估标准等方面对主要国家的科技评估实践进行比较与考察，在尽可能展现这些国家有益评估经验的同时，为中国科技评估事业的发展提供相关建议。

6.1 科技评估的法律保障

为了使科技评估活动规范化、制度化和经常化，许多国家通过立法来保障科技评估活动的进行。立法不仅体现了科技评估在国家科技活动中的重要地位，也体现了政府对纳税人的责任与回应。目前国际上通过立法保障科技评估的国家主要有美国、法国、日本、韩国、澳大利亚等。

美国是首先通过立法来保障科技评估的国家之一，于1993年颁布了《政府绩效与结果法案》（GPRA），以立法的形式要求所有联邦公共研究部门都要对其科研活动的绩效和结果进行评价。GPRA要求各部门制订未来5年的战略规划报告（该报告每3年修订一次），除此之外，各部门还被要求向国会提供将战略规划分解为可测量目标的年度绩效规划报告，并在其后每个财政年度对照年度绩效规划报告中设置的目标检查其实际完成情况，最终形成年度绩效报告。GPRA要求国会及其审计总署（GAO）和白宫管理和预算办公室（OMB）根据战略规划报告和年度绩效规划报告的内容，对被评价部门的年度绩效报告进行审议，审议结果将与预算的批准过程结合起来，这种把各个部门每年所能得到的经费预算同其绩效情况直接联系起来的做法大大增强了科技评估的强制性和有效性❶。

法国1982年和1985年两次制定和颁布的《科技规划与指导法》以法律形式确定了科技评估在科技发展与管理中的位置，从而将科技评估作为一种制度在法国实施。该法规定对下列四种研发项目计划进行评估：①确保技术发展的基础研究；②应用研究和企业支持的或为满足文化、社会和经济需求而由各个部委和公共研究机构资助的研究；③继续推进的技术发展计划；④招聘上述不同类型研发活动的多年期流动人员计划。该法对法国的科技

---

❶ Implementing the Government Performance and Results Act for Research：A Status Report. Washington，D.C.：National Academy Press，2000.

131

评估工作产生了深远的影响❶。另一部法律《关于科学研究与技术发展的85-1376号法》（Law 85-1376 of 23 December 1985 on research and technological development）同样明确了科技评估的地位，该法第5款"研究政策与技术开发评估"中第14、15条规定：法国研究与技术开发计划根据各自的指标接受评估。评估指标和评估方法在计划实施之前就已经确定，公共研究机构按照定期评估的程序开展评估，国家级的科技计划、项目未经科技评估不能启动。

日本在20世纪90年代陆续颁布了一系列与科技评估有关的法律法规。1995年日本政府颁布了《科学技术基本法》，以法律形式明确了科技评估的地位；1996年在第一期《科学技术基本计划》中，提出要实行公正严格的科技评估制度，为了配合该计划的实施，1997年8月，日本科学技术会议审议通过了《国家研究开发评价实施办法大纲指南》，规定日本科技评估机构不能随意设立和撤消，提出了科技评估的基本框架，极大地推进了日本研究评价体制的建设。2001年6月日本还推出了《关于行政机构开展的政策评价的法律（政策评价法）》，要求政府各部门各自开展政策评价，并向总务省（部）报告。

韩国1999年颁布的《科学技术创新特别法》第14条规定，"政府应事前评价新的科学技术发展对经济、社会、文化、伦理、环境的影响，并在政策中反映其结果。为促进科学技术的发展，政府应评价重要核心技术的技术水平"，该法还规定，为支持国家研究开发项目的有效进行，国家设立韩国科学技术评价院（KISTEP），并在法律中列举了其任务与职能范围，其中一项重要职能就是对韩国政府资助的研究机构进行年度评估，类似于美国的做法，这种年度评估的结果同样与每个研究机构下一年度的财政预算相联系❷。2006年颁布实施的《国家研究开发事业成果评价及成果管理法》以研究成果的评价为中心内容，规定了研发事业不同主体的责任、评价原则、评价方法和评价程序，并规定

---

❶ 史飞．法国科技评估体系与运作模式．全球科技经济瞭望，2002，(6)：26-27.
❷ 朱雪飞，曾乐民，卢进．韩国科技评估现状分析及借鉴．科技管理研究，2006，(2)：45-47，51.

每 5 年制定实施一次《研究开发成果评价基本计划》，确保评价工作的客观性和专门性，提高评价水平。该法还规定，应在研发预算调整分配和完善产业结构的工作中充分反映评价结果❶。

澳大利亚联邦国会于 2001 年通过了《澳大利亚研究理事会法案（2001）》 （简称 ARC 法案），对澳大利亚研究理事会（ARC）的职能予以强化，ARC 不仅依法通过同行评议程序对其管理的科技项目进行评议，其自身亦建立了新的基于绩效的管理体制。ARC 每年需提交一份覆盖全年的战略计划，确定年度目标并提出行动的时间表以及衡量目标是否实现或实现程度的结果形式。同时，根据《ARC 法案》的要求，在每年的年度报告中，必须报告战略目标实现的情况，回应战略计划的制定工作，以此实现真正的绩效管理❷。澳政府制定的《公共资助研究的质量和利用框架》要求公共资助的研究都要按照框架的要求进行评估，该框架包括两个部分，一是研究质量框架，主要用于评估大学和公共研究机构的研究质量、影响以及给社会带来的利益；二是利用框架，主要用于确保研究信息能被研究人员以及社会所获取和利用。

相对于上述国家，瑞典、瑞士、德国等国家的科技评估体系虽然较为完备，但还未形成明确的法律支持，这些国家开展的科技评估活动更多是为了科技管理工作上的需要。

6.2　科技评估的方法

科技评估方法主要包括以同行评议法为代表的定性方法以及文献计量学、经济计量法等定量方法。正如国际著名文献计量学家范·拉恩（Van Raan）所说"定性和定量方法从来都不是各自完全独立的，它们总是在一定程度上相互联系着"❸，这两种

---

❶ 科技部 . 国际科学技术发展报告 2007. 北京：科学出版社，2007.

❷ 龚旭 . 澳大利亚研究理事会法案 . 中国科学基金，2003，(6)：368-370.

❸ J. Van Raan. Advanced Bibliometric Methods as Quantitative Core of Peer Review based evaluation and foresight exercises. Scientometrics，1996，(36)：397-420.

方法的结合使用往往能够得到更为全面、客观的评估结果。世界各国大都针对评估方法展开过研究，研究成果也较为丰富，美国科学、工程与公共政策委员会（COSEPUP）对这些评估方法优缺点的归纳如表 6-1 所示。

表 6-1　目前广泛使用的科技评估方法

方　法	优　点	缺　点
文献分析法（Bibliometric Analysis）	• 可量化分析：在一些项目与科研领域质量评估中非常重要	• 只能进行定量分析 • 对部分领域或项目、计划不适用 • 跨国家、领域比较不适用 • 易受人为因素影响
经济回报率（Economic Rate of Return）	• 可量化分析：展现了研究活动的经济收益	• 只衡量经济收益情况而忽略了研究活动的社会收益（诸如健康质量提高等） • 较为耗时 • 对某些领域不适用
同行评议（Peer Review）	• 易理解的评估方法与实践 • 提供科研质量及其他因素的评估 • 大多数联邦资助项目中科研课题质量评估采用的方法	• 主要聚焦于科研质量，对其他元素的评价效果一般 • 主要对科研项目而非科研计划的评估 • 不同部门使用情况有所不同 • 较多考虑使用"老人" • 研究质量取决于专家的水平
案例研究（Case Studies）	• 提供易理解的影响科研过程的机构、组织、技术因素以改进科研过程 • 展示科研过程的所有收益	• 跨科研领域偶发事件不具可比性 • 聚焦于涉及众多项目与领域的事件使得评估联邦项目收益困难
回溯分析（Retrospective Analysis）	• 有助于确定长间隔的研发投资间联邦项目与创新间的联系 • 适用时间跨度大，不同计划间的关联分析	• 不适于用作短期评估工具
标杆法（Benchmarking）	• 跨项目与国家的比较的有力工具	• 较多聚焦于科研领域，而非联邦科研项目进行评价

资料来源：COSEPUP，1999。

　　"对尖端科学工作只能由同领域顶尖科学家来进行评估"一直是科学界奉行的根本准则，只有活跃在项目所在领域的专家才最有资格对该领域最前沿研究的进展、项目是否达到领先水平、哪些定量指标有助于说明该领域研究的领先度等问题做出权威判断。因此，科学评估的自身特点决定了定性评估在评估中的主体地位，这自然就对专家的遴选提出了更高的要求。专家质量是决定评估质量的核心因素，许多国家都强调专家的选择并不限于国界，而是以是否能代表被评估领域顶尖水平为标准。在瑞士的科技评估活动中，专家一直扮演着关键角色，鉴于国内专家有限，瑞士特别强调评估过程国外专家的采用，对一些拥有很少本土专家的"小"学科评估时，这一点被更为强调，瑞士还认为这种做法可为本国带来专家所在国的评估经验，这一点在发展评估的探索期极为重要，事实上，瑞士在 20 世纪 90 年代在选择外部专家时更多地与荷兰、英国、加拿大以及一些北欧国家，而不是与毗邻但尚未形成评估文化的意大利、法国等国家合作❶。芬兰科学院几乎所有的科技评估都交由国际评估小组来进行。美国则尝试通过专家评议法来改进传统同行评议的保守性与主观性易造成偏见等缺点。在专家评议中，专家小组的组成不仅包括科研项目所在领域的本国专家，还包括国外顶尖专家、与该领域联系密切领域的本国与国外专家、来自学术界、产业界、政府及其他部门研究成果的"使用者"及政策分析人员等。更为丰富的专家小组构成可以保证专家评议的客观公正性，提升评估活动的质量❷。类似的，英国的评估人员在人员构成上力求来源广泛，不仅有政府代表，而且要有学者、企业界代表，从各个角度和层面展开评价。以英国的研究理事会对评价专家的要求为例，要求不得推荐本单位人员，以所评估领域知名科学家为主，同时兼顾性别、地域和少数民族等因素。另外，研究理事会要求所有评价专家都必须遵守"公共生活七大准则"，以避免个人利益与研究理事会利益之间的冲突。在德国，公共研究机构选用国外专家的比例各不相同，马克思·普朗克学会国外专家的比例最高达 60%、莱布

---

❶ Christian Simon，Sophie Burla. CEST-Evaluationen：Grundsätze und Erfahrungen in Wissenschaftevaluation. CEST 2004/6.

❷ Experiments in International Benchmarking of US Research Fields：Committee on Science，Engineering，and Public Policy. Washington，D. C.：National Academy Press，2000.

尼茨学会则大约为30%。法国国家科研总署（ANR）2006年的科技评估活动涵盖了国外专家（28.6%）、产业界外部专家（6.4%）、评估委员会的外部专家（12.6%）以及评估委员会的产业界专家（24.7%）❶。

值得注意的是，公众作为科技活动的利益相关者、科技成果最直接的体验者与受益者正被赋予更多的话语权，逐渐参与到科技评估活动中。瑞士不仅通过由专家组成的项目小组对科技活动可能带来的风险与影响展开评估、识别可能存在分歧的研究领域，还通过组织特有的谈话程序如"PubliForen"、"PubliTalk"等，来把握公众对于这些分歧领域的态度，为政策制定者提供决策过程的参考。同样，各种评估研究的结果也会被转交给来自政治、管理、科学等领域的主管部门以及对此感兴趣的公众，促进公众与科学间的对话❷。

虽然定性分析方法在科技评估中占有主体地位，但定量分析方法在不同国家的地位也并不相同。在有着较为浓厚定性评估传统的国家，如英国、瑞典、瑞士等，定量分析更多被看做是评估时向专家提供的一种参考，在评估中起决定性作用的仍是专家的评估意见。

6.3 科技评估的层次

德国弗朗霍夫学会系统与创新研究院 Stefan Kuhlmann 教授曾从科技评估对象的视角提出了科技评估的"三层次模型"，即将科技评估自上而下分为三个层次：科研机构评估、科技项目评估以及科研工作者个人研究绩效评估❸。这种分类方法为研究提供了一个很好的分析框架。

---

❶ ANR 2007 Annual Report：http://www. agence-nationale-recherche. fr/DeptUK.

❷ Zentrum für Technologiefolgen-Abschätzung. TA-SWISS Jahresbericht 2006. DT-39/2007.

❸ Stefan Kuhlmann. Information zur Forschungsevaluation in Deutschland-Erzeuger und Bedarf：Gutachten für die Gesellschäftsstelle der Deutsch Forschungsgemeinschaft. Fraunhofer ISI Discussion Papers Innovation System and Policy Analysis，No 3/2003.

（1）科研工作者个人绩效评估

科研工作者个人绩效评估主要通过文献分析法与同行评议法来进行，评估结果往往作为科研工作者所在研究机构分配资源的依据，因此被看作是科学"内部"的。对于科研工作者的个人绩效评估，不同国家态度不一，但出于对科学家的尊重和人权上的考虑大都十分谨慎：瑞士科技评估体系并不涉及针对个别研究人员的个人评估❶。法国的个人绩效评估则比较宽松，研究人员只需以一年、两年和四年的周期递交自评估报告即可，评估结果也不会影响研究人员的工作。美国认为对科研工作者的评估不同于对科技项目与科研机构的评估，比较明显的证据在于美国教育评估标准联合委员会（Joint Committee on Standards for Educational Evaluation）除了项目评估标准外，还单列了人员评价标准。英国高等教育基金会的科研评估活动（Research Assessment Exercise，RAE）在科研工作者绩效评价中比较有代表意义。RAE 主要采用同行评议的方法，该项评估的基本准则包括：①明晰度、一致性；②连续性；③有效性；④中立性；⑤同等性；⑥透明度。RAE 要求被评估方向专业评估小组提供的材料包括人员情况、研究产出、培养青年科学家情况、外部研究经费获得情况等。对于研究产出，RAE 要求被评估科研人员提供至多 4 项最近几年内完成的、最能反映本人学术水平的科研成果，然后组织相关领域专家进行评估，评估结果只作为参考，将最终评估结果综合以后决定被评估人员以后一段时间资助金额❷。

（2）科技项目评估

科技项目评估主要以同行评议为核心，辅以影响分析与政策分析研究。由于此类评估的目的主要在于考察项目是否达到预期科学、技术、经济或社会目标，因此被认为是"科学外部"的。美国 GPRA 对于联邦资助科技项目的最主要评估标准包括研究

---

❶ Christian Simon，Sophie Burla. CEST-Evaluationen：Grundsätze und Erfahrungen in Wissenschaftevaluation. CEST 2004/6.

❷ RAE Publications. A Guide to the 2001 Research Assessment Exercise：http://www. hero. ac. uk/rae/Pubs/index. htm.

质量（quality）、项目研究与资助机构目标设置的相关性（relevance）和资助项目的国际领先度（leadership）❶。日本《国家研究开发评价实施办法大纲指南》则规定针对不同性质的科研项目采用不同方式的评估。对于通过竞争招标实施的研发课题，在立项的基础上通常对项目进行中期及结题评估；对于政府确定的重点领域课题，采用定期评估的方法评价其实施的必要性、项目进展情况及研究方向的正确性，并做出继续实施研发、修改研发内容或终止研发的决策；对于国家层面重大科技项目，则是根据项目的内容，对项目推进方向、费用与效果的关系、社会需求等问题进行评价❷。

中国也针对重大科技专项项目进行了形式多样的评估活动。比如 2004 年科技部委托中国工程院对电动汽车等 12 个重大科技专项展开的中期咨询评估，在"十五"863 计划部分重大专项和部分主题管理的项目的管理过程中引入了监理制和基于产品的"以测代评"制，针对小企业创新基金和农业科技成果转化资

表 6-2　中国科技计划项目评估的实践

项目	年度报告	中期检查与评估	验收	绩效评估	备注
863 计划	√	部分专项与课题引入监理制；以测代评；责任专家的项目跟踪	√	"十五"863计划综合评估	部分课题验收之前进行经费审计
国家科技攻关计划	√	中期检查；部分项目中期评估	√	部分课题	部分课题验收之前进行经费审计
973 计划	√	中期评估	√		中期评估和验收之前进行经费审计
中小企业创新基金	项目监理	√		包括年报、半年报	

---

❶ Experiments in International Benchmarking of US Research Fields：Committee on Science，Engineering，and Public Policy. Washington，D. C.：National Academy Press，2000.

❷ 国の研究開発評価に関する大綱の指針（平成 13 年 11 月 28 日）.

金，建立了项目监理机制等（见表 6-2）❶，取得了诸多有益经验。

（3）科研机构评估

对科研机构绩效进行评估更多采用的是一种科学"内部"与"外部"结合的方式。在这方面各国的评估实践同样丰富。如上文所述，美国、韩国、澳大利亚等国的公共研究机构都根据本国的法律对自身的绩效情况进行定期的评估，这种评估制度正逐渐在世界范围内得到推广。德国自 20 世纪 90 年代起也展开了大规模的科研机构评估活动，先后对德国研究共同体（DFG）、四大研究学会及进入蓝名单（blaue Liste）的研究机构进行了系统的评估❷。中国也先后对中国科学院研究所和国家重点实验室开展过评估。鉴于科研机构研究侧重点、资助方式各不相同，虽然对其评估同样以专家评议为基础，但评议的内容、重点以及评议程序各有千秋，在这之中比较有代表性的是德国科学委员会（WR）对科研机构的评估，该评估将科研院所按其特征分为科研类与服务类研究院所，并按不同标准进行评估。研究型科研机构的评估标准主要包括：①科研项目质量；②出版物、学术会议与专利等产出；③内部质量控制；④合作；⑤研究成果实施情况。服务性科研院所则主要考察其服务质量，具体包括：①服务提供情况；②客户满意情况；③服务提供的形式与技术；④质量控制情况；⑤扩大公众影响和与公众沟通的策略等❸。Stefan Kuhlmann 教授给出的科研机构评估框架体系比较具有代表意义（见表 6-3）。

❶ 李有平，欧阳进良. 国家科技项目监测评估实践的分析与探讨. 科研管理，2008，(6)：116-121，130.

❷ 德国的四大研究学会是马克思-普朗克学会（Max-Planck-Gesellschaft，简称 MPG）、赫姆霍兹学会（Helmholtz-Gesellschaft，简称 HGF）、弗朗霍夫学会（Fraunhofer-Gesellschaft，简称 FhG）和莱布尼兹学会（Wissenschaftsgemeinschaft Gottfried Wilhelm Leibniz，简称 WGL）。根据德国联邦与州的协议框架，将对根据联邦宪法 91b 条款独立的研究机构与对研究活动提供服务功能的机构进行共同资助。它们（约 80 个）具有跨地区的意义，关系到德国全国科技事业的利益。因为对它们进行概括总结的第一份文件打印在蓝色的纸上，故将它们称为进入"蓝名单"的机构。

❸ Wissenschaftsrat. Aufgaben, Kriterien und Verfahren des Evaluationsausschusses des Wissenshaftsrates［R］. http://www. wissenschaftsrat. de/texte/6966-05. pdf.

表 6-3　科研机构评估框架（按评估信息类型）

	输入信息 数量	输入信息 质量	输出信息 数量	输出信息 质量	影响信息 数量	影响信息 质量
研究人员	研究人员数量/非研究人员数量	授予博士学位科学家数量/科学家同非科学家的比例/中间层（助教与教师）比例/年龄结构/研究领域情况	项目（第三方资助）〔研究表现〕	研究使用时间、资助研究性质〔可见影响〕	引用率	引用持久性/引用半衰期
			访问学者	规律性资助情况	评论和回复	会议/国际杂志
资助	数量/数量的变化	来源（基本资助、第三方资助/可用性/预算权）	出版物〔知识生产〕	专著/论文会议/国际非会议国家/国际	聘任情况〔学术界声望〕	聘任大学的声望
			专利	技术含量	研究奖项获得情况	奖项的类型和形式
基础设施	面积	房龄、房屋状况	授予博士学位数量〔培养年轻科学家〕	获学位的时间/获学位的成绩	许可证、专利	收益使用形式/收益使用领域
					专家意见、顾问能力〔社会辐射范围〕	委托机构类型
	人均计算机拥有量	计算机配置质量情况			演讲、报告	主办方类型（产业界、学术界）

资料来源：Stefan Kuhlmann, 2003.

6.4 科技评估的类型

科技评估可大致分为三种类型：事前视角评估（ex-ante evaluation）、监控评估（monitoring evaluation）和事后视角评估（ex-post evaluation）❶。事前视角评估主要是预测性的，可分为操作层面事前视角评估和战略层面事前视角评估。操作层面事前视角评估主要关注科研活动能否达到预期目标、现有研究路径可能产生的影响等问题，立项评估比较具有代表性；战略层面事前视角评估则偏重对科技政策及其作用的评估，较为典型的是对项目产生影响的评估。事后视角评估带有回溯性，主要是对科技项目达到效果的评估以及对评估的总结，为以后的行动提供参考、积累经验，科技项目结题评估、科研绩效评估和元评估（meta-evaluation）是事后视角评估的代表。这些不同类型的评估相对于评估对象所处的位置如图 6-1 所示。

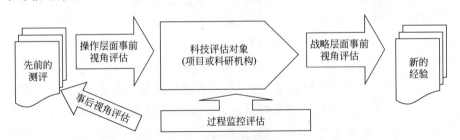

图 6-1 科技评估过程中的不同评估类型

从各国科技评估的实践来看，操作层面事前视角评估和过程监控评估得到了较为普遍的重视，这主要体现在：各国对科研项目的立项评估与过程监控上都发展了较为系统的立项评估与过程监控方法体系，并对不同类型的科技项目采用不同的评估方法。以瑞士为例，对于基础研究项目，评估主要基于项目间的竞争，重点考察项目的科学价值、原创性、技术方法以及申请者的资质等因素❷。对于国家研究项目（NFP），评估首先对项目预案是

---

❶ Stefan Kuhlmann. German Government Department's Experience of RT&D Programme Evaluation and Methodology. Scientometrics，1995，(34)：461-471.

❷ SNF. SNF Jahresbericht 2006. 2006.

第 6 章 主要国家科技评估实践的经验与启示

141

否存在问题、是否与实际的社会、经济或政治问题相联系等标准对预案进行初步筛选，随后按照预案的意义与可行性、选题实施后项目成果的用途、受益者情况以及该领域在瑞士是否有足够的研究人员等标准对预案进行评估，最终确定项目选题❶。对于国家研究重点计划（NFS）❷，评价的主要标准有：①研究计划的质量；②研究领域的战略相关性；③科研中心的质量；④研究人员水平；⑤技术转化能力；⑥对培养科研后备人才的作用❸。对于应用研究项目，为了保证项目合作能够正常进行，主管部门瑞士创新促进署（KTI）的资助条件和标准主要包括：①至少有一家公司与一所非营利导向的研究机构直接合作，尤其鼓励多个参与者参与的项目；②企业方承担 50％以上的项目成本，以此来保证研究取得的成果可以被有效转化到市场获得利润；③根据"自下而上"原则，项目合作者选择研究主题。由企业合作者来领导项目是理想的方式；④项目必须关注于创新，包括新技术与新知识的应用与转化以及组织创新与原创的管理方法，一般地，提高现有产品边际效益的项目不会被资助；⑤项目评价的标准是经济与科技上的意义、市场潜力、对可持续发展的贡献、清晰的工作计划、预算计划以及企业参与的现金数字证明；⑥项目必须以里程碑形式对每一阶段的行动目标有清晰的定义。为了控制成本，必需清楚地说明相关技术目前的状态、开通数据库与专利搜索、说明 KTI 提供必要资助与顾问的范围；⑦知识产权合约必须在项目开始前出示，如必需，还可以包括保密条款；⑧短期与中期项目可实现的项目必须迅速按照"Time to market"迅速进行转化；⑨独立专家通过例行检查来帮助与维护项目内容、时间计划，如果必需，立即着手改变方向，KTI 来承担这部分成本；⑩在项目结束时必须附以结题报告，在报告中必须包含具体的解决方案，它可以是能用于演示的工作模型、样机或者实验设备。

---

❶ SNF. Forschung für Sie：Die Nationalen Forschungsprogramme NFP-Wissenschaft im Dienst von Gesellschaft，Politik und Wirtschaft. 2006.

❷ NFS 改变单纯由研究项目组合为研究计划的运行方法，主要围绕瑞士确定的重点研究领域，建立大量优秀且更为灵活的科研中心，旨在改善瑞士学界的研究结构。

❸ SNF. National Centres of Competence in Research. 2001.

事后视角评估同样是一种被广泛采用的评估视角。科技项目结题评估和科研绩效评估一直是各国用于控制科研活动质量的重要手段，元评估技术，即对评估的评估，则被许多国家重视，并用于提升本国科技评估活动的质量与可靠性。美国、加拿大、德国、瑞士等国都将元评估列为其评估标准中的重要组成部分，德国为了改进评估方法、加强对项目评估的管理，更是于 1992 年、1993 年对其 1985 年以来的 50 项评估活动进行了元评估，积累了丰富的相关经验❶。

相对于上述视角的评估，较为完整的战略层面事前视角评估实践并不多见，更多的此类评估多沿着科技项目经济影响的评估进行，这可能是由于影响评估相对于结果评估更加困难。科研的结果相对于科研活动的影响更容易物化，在时间上的评价也相对简单，相比之下"影响"的逻辑关系较为复杂，测量需要的高开支和时间上的要求也给影响评估带来了困难❷。

6.5　科技评估的流程

目前，世界各国普遍发展了基于本国或本部门较为规范的评估流程体系，这些体系无所谓孰优孰劣，应以最适合本部门、最能达到评估目的的、便于元评估为标准。在这之中，由瑞士科技研究中心（CEST）的科技评估流程框架比较具有一般性和参考价值（见图 6-2 所示），笔者在这里还给出法国国家科研中心（CNRS）对直属和和混合实验室的评估流程，该评估活动对法国国家层面的科技活动及被评估机构未来的生存与发展都具有非常重要的意义。以下是对 CEST 科技评估流程中包含的主要步骤进行简要说明：

---

❶ Stefan Kuhlmann. German Government Department's Experience of RT&D Programme Evaluation and Methodology. Scientometrics，1995，（34）：461-471.

❷ Experiments in International Benchmarking of US Research Fields：Committee on Science，Engineering，and Public Policy. Washington D. C.：National Academy Press，2000.

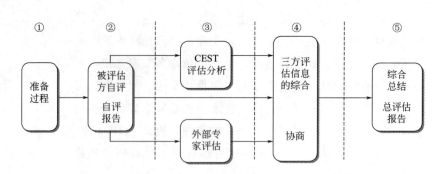

图 6-2　CEST 科技项目评估流程框架（CEST，2004）

　　① 准备评估。在科技发达国家，科技评估活动已成为了一种服务，通常是委托第三方（如 CEST 等专业评估机构）来进行。因此准备阶段的任务主要是明晰委托方的委托，与被评估方确定具体条件与评估协议，并确定利益相关者与评估的出发点。

　　② 自评估。被评估方根据 CEST 要求进行内部自评，评估重点并不在于列举数字与事实，而在于对被评估方目标及目标达成情况的详细解释说明以及对被评估方绩效中的亮点、缺点的说明。自评估程序是整个评估流程的基础。被评估方目标的完成情况是评估活动的核心考核指标，也是评估活动的出发点，只有被评估方能够通过自评估这一最合适的方式将关于目标的说明与为达到目标所进行的努力展现出来，并对相关数字与事实进行解释，而专家们也可以通过对被评估方的自评进行研究，对被评估方有更为深入的了解，避免走许多弯路，使他们能够更为直接地对自己感兴趣的评估领域进行考察。自评估过程对于被评估方还是一个自我反馈的过程，被评估方可能通过该过程对自身所存在的问题有更为清晰、深入的认识，有可能制订出更加有效、可行的解决方法。

　　被评估方提供的自评估报告至少应包含以下内容：目标设置以及被评估方完成情况的说明、为达到目标所付出的努力及所使用的具体方法、可支配与使用的资源情况（包含对这些资源来源的描述）、目标达到与未达到的比较分析、收支结算、被评估方可能的未来发展（包含具体计划与措施）、被评估方的 SWOT 分析。

　　③ CEST 调查分析。CEST 调查分析主要基于自评估所获得的材料，通过访谈、互联网调查、文献学习、CEST 专家系统咨

询等方式获得的额外信息来进行。

外部专家同行评议。选择外部、国际专家组成评估委员会，通过对自评估材料和相关资料与背景的学习、（在 CEST 的支持下）实地调查访问、对被评估方、利益相关者开展专家听证会等方式开展评估工作，最终向 CEST 递交专家评估报告。专家信息主要通过互联网调查、简历考察、数据库与出版物、对单个（在该专家领导下）学者的秘密调查等渠道获得。

④ 三方评估结果的综合，就各自评估结果展开讨论。其间，被评估方有机会就外部专家报告中涉及的内容发表自己的看法与观点，但报告内容一般不会进行更改，而是附上被评估方的看法最终取得较为一致的意见。

⑤ 综合总结。CEST 最终对自评估、CEST 调查分析以及专家报告所获得的信息进行综合总结，并形成最终的评估报告递交给委托方作为委托方决策的参考。评估总报告附有每个步骤获得的结果、评估的理由与程序以及自评估报告、专家报告和被评估方的反应等内容。需要的话，还可以提供针对不同层次公众对象的评估报告。

图 6-3 是法国国家科研中心（CNRS）对直属和和混合实验室的评估流程。

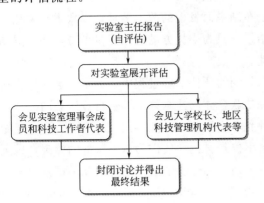

图 6-3　法国国家科研中心的实验室评估流程

6.6　科技评估的服务性和评估标准

在科技发达国家，成熟的科技管理活动催生了科技评估的服务性，大量社会评估机构和个别科学家独立于国家科技评估机构存在，为科技活动提供专业的评估服务。

科技评估作为一种特殊的服务，其专业性主要体现在评估人员的专业水平上，除了被评估领域专业的专家外，还必须有具备专业评估知识与技能的评估人员参与到评估活动中。CEST曾将这两类参与评估人员形象地比喻成特别与一般的关系，认为这两类人在评估中的作用是互补的，他们共同参与评估是高质量科技评估的根本要求❶。法国更是通过评估师培训学校来培养专门的评估师，评估师必须通过严格的考核，从法国家研究评价委员会处取得从业资格，并对其评估负法律责任，若存在违法行为将受到法律制裁。相应地，评估一经做出，就受到政府和社会的广泛承认❷。

科技评估的服务性主要体现在评估方与委托方的关系上，一方面评估方是委托方的专业服务者，以委托方的需求为导向，并将他们的满意情况作为评估获得成功的重要标准；另一方面，作为评估专业性的根本要求，评估方与委托方之间必须保持一定距离，但评估方有责任向委托方说明与期望相偏离的结果。作为专业服务者，评估方在评估活动中所获得的评估结果也属委托方所有，由委托方决定何时、以何种方式、何种程度将其公布出来，这也可避免因过早公布结果而发生的政策波动，以致限制委托方的决策余地。评估结果亦只为委托方的决策提供参考，并不限制委托方决策的自由性。

在科技发达国家长期的评估实践过程中，大量社会评估机构结合在一起组成了评估联合体，并制订了评估行业所共同遵循的评估标准，以提高评估工作的专业性、可信性、可靠性与规范性。评估标准的出台不仅是科技评估作为一种服务的体现，也展示了一个国家先进的评估文化。各国的评估标准几乎都是源于美国教育评估标准联合委员会（Joint Committee on Standards for Educational Evaluation）的项目评估标准（The Program Evalu-

---

❶ Christian Simon，Sophie Burla. CEST-Evaluationen：Grundsätze und Erfahrungen in Wissenschaftevaluation. CEST 2004/6.

❷ 顾海兵，姜杨．法国科技评估体制的研究与借鉴．上饶师范学院学报，2004，（4）：1-5.

146

ation Standard，见表 6-4)❶，美国与加拿大等国家的评估联合体
直接沿用了这一标准❷，但鉴于各个国家评估文化的差异，评估
标准也会存在细微的差别。瑞士评估所遵循的瑞士评估联合体评
估标准"SEVAL"虽然同样选用了有用性、可行性、正确性和
精确性这四个主体组，但每个主体组的具体标准与美国和加拿大
等国的标准存在着些许差别（见表 6-5)❸；德国评估共同体的评
估标准"DeGEval-Standards"选取的四个主题组则为有用性、
可行性、公平性与精确性❹。

表 6-4　美国教育评估标准委员会的项目评估标准

● 有用性(Utility Standards)：保证评估以评估使用方的信息需求为导向

U1 确定利益相关者	U4 价值判断的透明性	U7 评的影响
U2 可信性	U5 报告的清晰性	
U3 信息的范围与选择	U6 报告的及时性和传递	

● 可行性(Feasibility Standards)：保证评估切合实际、在周密筹备、考虑成本的情况下进行

F1 适当的程序	F2 政治负载能力	F3 成本有效性

● 正确性(Propriety Standards)：保证评估合法、符合伦理上的要求，充分考虑利益相关者的福利

P1 服务导向	P4 人际交互作用	P7 利益冲突的声明
P2 正式的协议	P5 完整、公正的评估	P8 会计上的责任
P3 个人权利保障	P6 结果公开	

● 精确性(Accuracy Standards)：保证评估能够产生与提供合法、有用的信息

A1 评估对象的记录	A5 可信的信息	A9 信息质量分析
A2 背景分析	A6 有效的信息	A10 有根据的结论
A3 描述目标与程序	A7 系统地信息检验	A11 中立的评估报告
A4 可靠的信息来源	A8 信息数量分析	A12 元评估

资料来源：Joint Committee. The Program Evaluation Stardards，1994，2000.

------

❶ The Program Evaluation Standards. Joint Committee on Standards for Educational E-
valuation：http://www. wmich. edu/evalctr/jc/.

❷ Canadian Evaluation Society：Program Evaluation Standards；http：//www. evaluat-
ioncanada. ca/site. cgi？s＝6＆ss＝10＆＿lang＝EN.

❸ Thomas Widmer，Charles Landert，Nicole Bachmann. Evaluation Standards of
SEVAL，THE SWISS EVALUATION SOCIETY. 2000.

❹ DeGEval. Standards für Evaluation der Deutsche Gesellschaft für Evaluation（De-
GEval-Standards)，2004.

表 6-5　瑞士评估联合体评估标准（SEVAL 标准）

- 有用性 U：保证评估以评估使用方的信息需求为导向

U1 确定利益相关者	U4 信息的范围与选择	U7 报告的及时性
U2 说明评估目标	U5 价值判断的透明性	U8 评估的影响
U3 可信性	U6 报告的完整性与清晰性	

- 可行性 F：保证评估切合实际、在周密筹备、考虑成本的情况下进行

| F1 适当的程序 | F2 政治负载能力 | F3 成本有效性 |

- 正确性 P：保证评估合法、符合伦理上的要求，充分考虑利益相关者的福利

| P1 正式的协议 | P3 人际交互作用 | P5 结果公开 |
| P2 个人权利保障 | P4 完整、公正的评估 | P6 利益冲突的声明 |

- 精确性 A：保证评估能够产生与提供合法、有用的信息

A1 评估对象的记录	A5 可信、有效的信息	A8 有根据的结论
A2 背景分析	A6 系统地信息检验	A9 中立的评估报告
A3 描述目标与程序	A7 信息质量与数量分析	A10 元评估
A4 可靠的信息来源		

表 6-5、表 6-6 资料来源：Thomas Widmer et al. Evaluafion Sfandards of SEVAL，THE SWISS E-VALUATION SOCIETY，2000.

除了对评估标准中的每个主题和对应标准进行精确定义和详细解释说明外，评估标准还给出了评估活动在不同阶段应包含的相关标准，这里以 SEVAL 标准为例给出相关标准（如表 6-6 所示）。

表 6-6　不同阶段评估活动包含的标准

评估活动阶段	包含相关标准代码
确定实行评估	U1、U2、U3、U8、F2、F3、P1、P6、A1、A2、A10
评估问题的定义	U1、U2、A1、A2、A3、A10
评估的计划	U1、U2、U4、U5、F1、P1、P4、A1、A3、A4、A5、A7、A8、A9、A10
收集信息	U3、U4、U5、F1、F2、P1、P2、P3、P4、A1、A2、A3、A4、A5、A6、A10
评价信息	U5、F1、A1、A2、A7、A8、A10
评估报告	U1、U4、U5、U6、U7、U8、P2、P4、P5、A1、A2、A3、A4、A8、A9、A10
评估预算	U2、U4、F3、P1、A1、A3、A10
结束评估委托	U1、U2、U3、U4、U7、F2、P1、P2、P5、P6、A1、A3、A10
管理评估	U1、U2、U3、U7、F2、F3、P1、P2、P3、P6、A3、A6、A10
评估人员配备	U3、F2、P6、A9、A10

6.7　结论

6.7.1　各国科技评估发展实践的趋势

科技评估近年来正受到各国的普遍重视，主要国家在长期的评估实践与理论研究过程中，逐步形成比较完备的、具有本国特色的科技评估体系，并积累了较为浓厚的评估文化。通过对各国科技评估发展实践的比较与考察，可以发现如下趋势。

（1）提高科技评估的法律地位

许多国家都出台了相应法律，以法律的形式保障科技评估活动的正常进行，提升科技评估活动的强制性和有效性。在强化科技评估活动法律保障的同时，将评估结果与部门的预算、未来的发展联系起来也被越来越多地采用。

（2）评估活动进一步完备

主要国家在长期的评估方法研究与实践中已形成了较为完善的科技评估体系，在较为成熟的市场经济体制、较为完善的民主程序和较为成熟的法律体制的基础上，评估活动不仅涵盖了评估对象的各个方面，评估主体的选择也愈发全面，更为丰富的评估专家小组构成可以保证专家评议的客观公正性，提升评估活动的质量，评估活动也逐渐从"同行评议"（Peer Review）发展到"利益相关者评议"，利益相关者不仅包括专家，还包括政府、产业界、其他部门研究成果的"使用者"以及政策分析人员等，公众作为利益相关者，同样逐步参与到了评估活动中。

（3）重视采用国外一流的专家

大部分国家的科技评估活动中都包含了一定比例国外专家的参与。虽然许多欧洲国家特别强调国外专家的采用固然与它们大都国土狭小、在单个领域内缺乏足够专家有关，但这种做法无疑可将本国的科技活动置于国际顶尖层面进行考察，对于提升本国科技工作的质量是十分有益的。此外，这种做法还可为本国带来专家所在国的评估经验与文化，这一点在评估工作发展的探索期极为重要。

（4）重视评估程序的规范化与科学化

许多国家在评估活动中结合本国特点，都已形成了较为标准的科技评估程序，并且制定了科技评估标准，提升了评估工作的专业性、可信性、可靠性与规范性，这也是评估活动服务性特征的极好体现。评估标准的制定与评估程序的规范化也有利于提高不同国家、不同评估活动的可比性，为评估方法研究提供良好的分析基础。作为评估科学研究的重要内容，"元评估"技术能够为科技评估提供方法论的基础，也受到各国重视，许多国家在科技评估实践的同时也不断进行着评估方法上的研究，提升评估活动的科学性。

6.7.2　对完善中国科技评估体系的建议

作为一个发展中国家，中国经过近几十年的不懈努力，逐渐发展形成了一整套与国际接轨的科技评估体系，但这套体系在实际运行过程中仍存在着一些亟待完善的问题，中国的评估机制、评估文化等方面也无法同科技发达国家相比，因此，在借鉴主要国家科技评估经验的基础上，建议从以下几个方面出发，完善中国的科技评估体系。

（1）进一步强化科技评估的法律保障

中国到目前为止尚未形成对科技评估的专门法律支持。现行的《中华人民共和国科学技术进步法》（1993 年通过，2007 年修订）在第一章第八条"国家建立和完善有利于自主创新的科学技术评价制度"中规定，"科学技术评价制度应当根据不同科学技术活动的特点，按照公平、公正、公开的原则，实行分类评价"，但该法并不属于基本法律。2003 年 9 月 20 日科技部颁布的《科学技术评价方法（试行）》对科技评价的基本程序和要求、评价专家遴选、参与科技评价工作的法律责任等方面都做出了较为细致的规定，这虽然可以看作是中国对科技评估工作重视程度的提高，但为了适应中国当前和今后科技事业可持续发展的需求，提高科技评估立法的层次、增强法律的规范性、可操作性和可诉性，并将科技评估工作与对政府财政支出的绩效监督工作结合起来，是使评估工作走上制度化、规划化道路所必需的。

（2）进一步扩大评估主体选择范围

在中国"官本位"结构下，专家的选择面过于狭窄容易导致同行评议权威性变异与流失，这又导致了一些地方为了克服人为的不公正现象，矫枉过正地以"EI、SCI"等为代表的定量指标来决定一切的弊端。事实上，以同行评议为代表的定性评估与以科技指标为代表的定量评估是相互补充、无法相互替代的，解决上述问题的办法并不是错误地以定量评估代替定性评估，而是应逐步提升定性评估的质量，在这之中，扩大评估主体的选择范围就应成为一项重要举措。一方面要对评估专家严格把关，建立起评估专家遴选机制与淘汰机制；另一方面在评估活动中要多邀请国外一流专家参与，尤其是重大科技项目的同行评议中，可以硬性规定国外相关领域顶尖专家参加的比例，以提高评估活动的质量。这种做法的另一个好处就是可以提供非常有价值的战略信息，并把握国际最前沿科学研究的方向。

在评估过程中，也要逐步发挥纳税人应有的作用，建立起公众参与和监督机制，克服我国传统社会主义计划经济体制所留下的伦理体系维度缺失问题，改善我国目前只能侧重于事后评估的局面，事实上只能被动地侧重事后评估不但需要付出巨大的沉没成本，而且效果往往也无法使人满意。

（3）加强科技评估理论方法研究

虽然我国在科技成果评议的基础上发展了较为完整的、覆盖科研活动整个过程的科技评估体系，但对于科技管理评估方法的研究尚不多见，大都是将一般项目管理原理与科技知识、掌握的信息等内容集合起来用于实践之中，缺乏对这些内容间的内在联系与核心理论研究，对于这些内容的"集成"能否契合科技管理的特殊性等问题也缺乏足够的理论支持；还有一种作法是以国外科技管理的相关做法指导我国科技评估的实践。国外的做法是由具有其本国特色的科技管理方法论提供支持的，属于"显性知识"范畴，各国文化、科技管理体制不同，能否将这些"显性知识"全盘移植到我国科技评估活动中亦有待商榷。因此，元评估及针对我国自身情况的科技评估理论研究也是我国科技管理界亟待深入研究的领域。

（4）加快建立具有我国特色的科技评估标准

评估标准不仅可以增强评估工作的专业性、可信性、可靠性、规范性，提升评估的质量，还便于元评估的展开，使不同评估活动间的相互比较、获得进一步的经验成为可能。但科技评估标准是建立在发达的科技评估机构基础上的，按我国的现实国情在短期内显然还无法达到科技中介结构的繁荣。因此，一方面我国政府应加快对各类科技评估机构、尤其是社会中介机构的培育，另一方面应在进一步强化各类科技评估法规可操作性的同时，尽快制定出类似的评估标准，对各类科技评估活动加以规范。

参 考 文 献

[1] M. Gibbons, C. Limoges, H. Nowottny, et al. The new Production of Knowledge: The Dynamics of Science and Research in Contemporary Societies. London: Sage, 1994.

[2] J. Van Raan. Advanced Bibliometric Methods as Quantitative Core of Peer Review based evaluation and foresight exercises. Scientometrics, 1996, (36): 397-420.

[3] Goldman Sachs. Dreaming With BRICs: The Path to 2050. Global Economics Paper No. 99, 2003.

[4] Emmanuel Muller, Andreal Zenker, Jean-Alain Héraud. France: Innovation System and Innovation Policy. Frauhofer ISI Discussion Papers No. 18, 2009.

[5] Stefan Kuhlmann. Information zur Forschungsevaluation in Deutschland-Erzeuger und Bedarf: Gutachten für die Gesellschäftsstelle der Deutsch Forschungsgemeinschaft. Fraunhofer ISI Discussion Papers Innovation System and Policy Analysis, No. 3, 2003.

[6] Stefan Kuhlmann. German Government Department's Experience of RT&D Programme Evaluation and Methodology. Scientometrics, 1995, (34): 461-471.

[7] BMBF. Internationalisierung des Studiums-Ausländische Studierende in Deutschland-Deutsche Studierende im Ausland. Ergebnisse der 17. Sozialerhebung des Deutschen Studentenwerks (DSW) durchgeführt durch HIS Hochschul-Informations-System. Bonn, Berlin, 2005.

[8] Helmholtz-Geschäftsstelle. Helmholtz Association 2005: Programmes-Facts-Figures. Bonn, 2005.

[9] Die Strategie der Helmholtz-Gemeinschaft: Spitzenforschung für Gesellschaft, Wissenschaft und Wirtschaft. Berlin, 2007.

[10] TALENTE FÜR DIE ZUKUNFT. GESCHÄFTSBERICHT 2007 DER HELMHOLTZ-GEMEINSCHAFT DEUTSCHER FORSCHUNGSZENTREN. HELMHOLTZ-GEMEINSCHAFT, 2007.

[11] SNF. National Centres of Competence in Research. 2001.

[12] SNF. Forschung für Sie: Die Nationalen Forschungsprogramme NFP -Wissenschaft im Dienst von Gesellschaft, Politik und Wirtschaft, 2006.

[13] Thomas Widmer, Charles Landert, Nicole Bachmann. Evaluation Standards of SEVAL, THE SWISS EVALUATION SOCIETY, 2000.

[14] SWTR. Evaluation des Schweizerischen Nationalfonds (SNF) und der Kommission für Technologie und Innovation (KTI), 2002.

[15] Christian Simon, Sophie Burla. CEST-Evaluationen: Grundsätze und Erfahrungen in Wissenschaftevaluation. CEST 2004/6.

[16] Zentrum für Technologiefolgen-Abschätzung. TA-SWISS Jahresbericht 2006, DT-39/2007.

[17] Committee on Science, Engineering and Public Policy. Science, Technology and the Federal Government: National Goals for a New Era. Washington D. C. : National Academy Press, 1993.

[18] Evaluating Federal Research Programms: Research and the Government Performance and Results Act. Washington D. C. : National Academy Press, 1999.

[19] Implementing the Government Performance and Results Act for Research: A Status Report. Washington D. C. : National Academy Press, 2000.

[20] Committee on Science, Engineering and Public Policy. Experiments in International Benchmarking of US Research Fields. Washington D. C. : National Academy Press, 2000.

［21］Council on Compititiveness. Innovate America：Thriving in a World of Challenge and Change，National Innovation Initiative Summit and Report，2005.

［22］Committee on Science，Engineering and Public Policy. Rising Above the Gathering Storm：Energizing and Employing America for a Brighter Economic Future. The National Academies，2005.

［23］Domestic Policy Council Office of Science and Technology Policy. American Competitiveness Initiative，2006.

［24］The Science and Technology Policy Council of Finland. Review 2008. Helsinki，2008.

［25］Jess Benhabib，Mark M. Spiegel. The Role of Human Capital in Economic Development：Evidence from aggregate cross-country data. Journal of Monetary Economics，1994，（34）：143-173.

［26］Ministry of Education，Science and Technology Republic of Korea. National Project Towards Building World Class Universities 2008-2012.

［27］OECD. 公共研究的治理——走向更好的实践. 北京：科学技术文献出版社，2004.

［28］OECD. OECD 科学技术和工业展望. 北京：科学技术文献出版社，2006.

［29］科技部. 中国科学技术发展报告（2005）. 北京：科学技术文献出版社，2005.

［30］科技部. 中国科学技术发展报告（2006）. 北京：科学技术文献出版社，2006.

［31］科技部. 中国科学技术发展报告（2007）. 北京：科学技术文献出版社，2007.

［32］科技部. 中国科学技术发展报告（2008）. 北京：科学技术文献出版社，2008.

［33］靳中华，周国林. 欧盟科学技术概况. 北京：科学出版社，2005.

［34］常青. 印度科学技术概况. 北京：科学出版社，2006.

［35］赵克. 科学技术的制度供给. 上海：复旦大学出版社，2008.

［36］赵学文，龚旭. 科学研究绩效评估的理论与实践. 北京：高等教育出版社，2007.

［37］中国科协调研宣传部，中国科协发展研究中心. 中国科技人力资源发展研究报告. 北京：中国科学技术出版社，2008.

［38］黄宁燕，周寄中. 英国公共研究机构改革及对我国的启示. 研究与发展管理，2003，（5）：58-64.

［39］周晓芳，刘清，吴跃伟. 法国的科技政策. 科学新闻，2007，（7）：12-14.

［40］史飞. 法国科技评估体系与运作模式. 全球科技经济瞭望，2002，（6）：26-27.

［41］顾海兵，姜杨. 法国科技评估体制的研究与借鉴. 上饶师范学院学报，2004，（4）：1-5.

［42］韩淼. 关于优先研究领域浅议. 科学管理研究，1994，（4）：6-8.

［43］石林芬. 中国的 R&D 经费（2004）. 管理学报，2005，（3）：239-244.

［44］朱雪飞，曾乐民，卢进. 韩国科技评估现状分析及借鉴. 科技管理研究，2006，（2）：45-47，51.

［45］龚旭. 澳大利亚研究理事会法案. 中国科学基金，2003，（6）：368-370.

［46］李有平，欧阳进良. 国家科技项目监测评估实践的分析与探讨. 科研管理，2008，（6）：116-121，130.